マンガでわかる古事記

志水義夫 著
フリーハンド マンガ

はじめに
——古事記への招待

日本最古の古典といわれる『古事記《こじき》』。成立は奈良に都《みやこ》(平城京)ができてまもなくの和銅《わどう》三(七一二)年です。もともとその約三十年前の天武《てんむ》天皇の時代に「歴史を明らかにするのは国家を治める根本である」ということで編纂《へんさん》が命じられたようです。そこで稗田阿礼《ひえだのあれ》という人が宮中に伝わった大王系譜と伝承とを語れるように練習しました。ところがまもなく天武天皇は亡くなってしまい、そのままになってしまいました。それを元明《げんみょう》天皇が太安万侶《おおのやすまろ》に命じて書物化させたのが『古事記』です。

しかし、太安万侶が宮廷に提出した『古事記』は、その後は重く扱われることはなく、八年後に完成した『日本書紀』の方が日本国家の正しい歴史として、大切に扱われてきました。平安時代になっても宮中で天皇陛下に対しての講義が行われ、公卿たちも研究をして江戸時代に続きます。『古事記』は『先代旧事本紀《せんだいくじほんぎ》』や『古語拾遺《こごしゅうい》』という神話を記録した他の古典籍と一緒に、『日本書紀』を理解するための参考書として扱われてきたのです。

現在では『古事記』を研究する人はプロ・アマを問わずたくさんいます。しかし『日本書紀』を研究する人はあまりいません。江戸時代の中ごろ、十八世紀になって、本居宣長《もとおりのりなが》という学者が『古事記』の価値を発見してから、『古事記』が中心に研究されるようになったのです。

『古事記』とは何でしょう? 最初に記した成立の由来から考えると「国家統治の根本」ということになります。そこでしばしば「古事記は〈王権《おうけん》の書〉である」といわれます。『古事記』は上・中・下の三巻からなりますが、上巻は神話と神々の系譜、中・下巻は天皇の代ごとに系譜《けいふ》と物語を叙述《じょじゅつ》しています。それは漢字だけで記され、多くは簡単な漢文、ときには日本語順にされた漢文(「和化《わか》漢文《かんぶん》」や「和習《わしゅう》」、「変体漢文」などと呼ばれる)で記され、一部の人名や地名、すべての歌は万葉仮名《まんようがな》(漢字を発音記号として用いる書き方)が用いられています。

しかし、こうやって書かれた『古事記』の叙述を追ってゆくと、「国家統治の根本」というには「?」な話がたくさんあります。そのようなお話をマンガに直して楽しみながら、『古事記』の新しい読み方を探ってみたいと思います。

まずは、『古事記』を発見した本居宣長のエピソードから始めましょう。

なお、古事記の物語をマンガで描くにあたって、神々の衣装などはおおよそ七世紀ごろ(推古《すいこ》天皇の時代前後)の姿を想定しています。アクセサリーや小道具は埴輪《はにわ》などに見られるもの(古墳時代後期)を参考にしています。古事記の内容が、推古天皇以前を「古」と設定している(「古事記」ですから)ので、天武天皇の時代(七世紀末)からみた「古い」感覚として、推古天皇の時代と一つ前の古墳時代前期に設定の基本線を置きました。

第一章　国土の起源

第二章 国体の由来

第三章 ヒーロー登場

第四章　愛と憎しみの行く末

付章　日本書紀の時代

プロローグ
古事記の発見

舞台　伊勢国《いせのくに》、松坂《まつさか》

時期　江戸時代（一七六四年）

※改元は6月なので、実際は宝暦14年

古事記を注釈するんだって？
岡部衛士《おかべえじ》（賀茂真淵《かものまぶち》）
はい
理由は？
古事記とは古い事を記したものという意味だからです
どういうことかね？
日本書紀と申しますのは「漢書《かんじょ》」や「晋書《しんじょ》」などと国の名をあげた歴史書です
漢書
日本書紀
晋書
あちらの国は国の名が変わるのでその時々の国の名をあらわす必要があるのです
私はかつてあちらの国の皇帝の系図を書いてみて気付きました
何千年の歴史といいましても幾度も幾度も皇帝の血筋は絶えています
しかも武力によって絶えさせられているのです
しかし私たちの国はどうでしょう
神々の時代から今に至ってなお皇祖神の御子孫が絶えることなく天の下をお治めになっています
とても誇らしいことではありませんか

私たちが私たちの国としてしっかりと在《あ》るために古事記をよく知りたいと思うのです
……
私は…
かねてより神典は深く考究せねばと思っていた
そのためには儒学や仏道の教えに惑わされることなく古い心を尋ねなくては理解できない
古い心を知るには古いことばを学ばねばならない
だから万葉集を研究してここまできた
しかし私にはもう残された時間は少ない
君はまだ若い
望むところに達することもできるだろう

だからこそ
慌ててはいけないよ
世の中の研究者を見るに
基礎をわきまえずに
高邁《こうまい》な理論をふりまわして
一人前の顔をしている
者がいる
私ですら
まだ道を窮《きわ》めて
いないのにね
舜庵くん
君はしっかりと
基礎を固めて
ゆっくりと
高みを目指しなさい
はい！
期待して
いるよ
岡部先生
私はやります
まずは
古くから読まれてきた
本文と最近の本文との
比較からはじめよう
そして目指すのは
私たちの国の
古くから伝えられた
世界観を確かめることだ
祖先たちが
伝えてきた
大切なものを
後の世に
伝えていこう

第一章
国土の起源

天地・神のはじまり

天地のはじまりから古事記はスタート。
日本列島はどのようにしてできたのか。
古事記上巻は
八百万の神たちが大活躍。

神々が生誕し、国が生まれる

天地初発

舞台 淤能碁呂島《おのごろしま》

時期 世界のはじまり

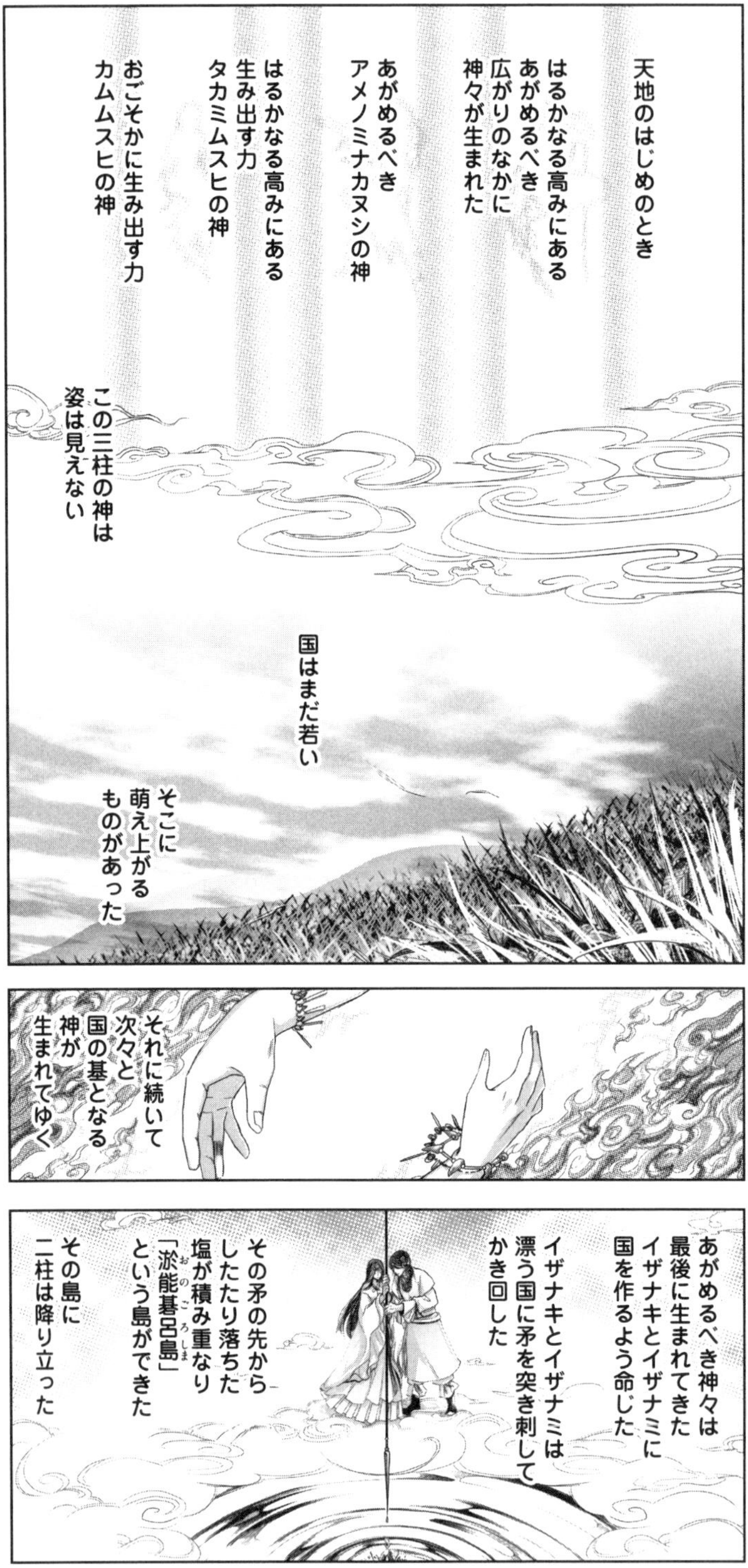
天地のはじめのとき
はるかなる高みにある
あがめるべき
広がりのなかに
神々が生まれた
あがめるべき
アメノミナカヌシの神
はるかなる高みにある
生み出す力
タカミムスヒの神
おごそかに生み出す力
カムムスヒの神
この三柱の神は
姿は見えない
国はまだ若い
そこに
萌え上がる
ものがあった
それに続いて
次々と
国の基となる
神が
生まれてゆく
あがめるべき神々は
最後に生まれてきた
イザナキとイザナミに
国を作るよう命じた
イザナキとイザナミは
漂う国に矛を突き刺して
かき回した
その矛の先から
したたり落ちた
塩が積み重なり
「淤能碁呂島《おのごろしま》」
という島ができた
その島に
二柱は降り立った

では君は右から
柱を回ってくれ
ぼくは左から
めぐるから
出逢ったら
そこで結ばれよう
ああ
何ていい
女なんだ
ああ
何ていい
男なの
イザナキ
イザナミ
こうして二神は
結ばれて
大八島《おおやしま》と呼ばれる
日本列島と
森羅万象の神々を
生んだのだった

世界は突然はじまった

はじめに高天原《たかあまのはら》があって、そこにアメノミナカヌシ、タカミムスヒ、カムムスヒの三柱（柱は神の数を表す数詞）の神が、後に二柱の神（クニノトコタチとトヨクモ）が現れました。これらの五柱の神は男女の区別のない独り神で「別天《ことあま》つ神《かみ》」と呼ばれ（宣長の訓）、姿の見えない神だといいます。「別天つ神」の後、二柱の独り神が現れますが、表舞台に立つことなく消えてしまいます。以降現れる高天原の神々を「天つ神」と呼びますが、大切なのはいずれの神も、何もないところから現れた（成った）ということです。最初の「別天つ神」三柱のうち二神の名は「ムスヒ（産巣日）」という語でできていますが、「ムス」とは「（自然に）成る・産まれる」という意味。キリスト教のように「唯一絶対神による創造」という考え方はありません。

この後、男女の区別がある神が五組誕生します。前に生まれた二柱はそれぞれ一代、次の五組は兄妹一組で一代と数え、「神世七代《かみよななよ》」と呼びます。

古事記の書き出しは「天地初発之時」。「初発」の二字は古くは日本書紀に合わせて「ハジメテヒラクル（天地がはじめて開かれた）」と読まれていました。しかし、本居宣長《もとおりのりなが》はこれを「はじめ」と訓《よ》み替えています。「初発」に「ひらく」という意味はないからで、単に「天と地がはじまった」と解釈したのです。

神様クローズアップ

イザナキ

男神。国や神々の父神。火の神・カグツチを生んで黄泉国《よみのくに》を去ってしまった妻を連れ戻しに行く愛妻家。

イザナミ

女神。火の神・カグツチを生んだため、黄泉国に去ってしまう。最初に男（イザナキ）に声をかけたり、裏切られたら追いかけたり、なかなか積極的な女神である。

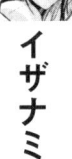

の類似性

類似性は江戸時代から指摘されていた

始原の男女、イザナキとイザナミは、聖書に出てくるアダムとイブに似ている。すでに江戸時代

二神によって国が生まれた

天つ神に命じられて作った淤能碁呂島《おのごろしま》に降り立った二神は、まずイザナキがイザナミに「お前の身体《からだ》はどのようにできたんだい？」と問いかけます。イザナミが「身体はできあがったんだけど一か所足らないところがあるの」と答えると、イザナキは「私の身体はできあがったのに余ったところがある。だから私の余ったところをお前の足らない場所にさしこんでふさいで国を生もうよ」と続けます。

そこで二神は柱を左右からめぐり、出会いを演出し、声をかけあって結婚します。こうして二神は淡路島《あわじしま》を皮切りに、本州まで八つの島（大八島《おおやしま》）を生みました。大八島は瀬戸内海、中でも大阪湾の正面に浮かぶ淡路島を中心に四国、隠岐《おき》、九州、壱岐《いき》、対馬《つしま》、佐渡《さど》、本州と広がっていて、古事記の時代の世界像がうかがえます。

国生みを終えると、イザナキ・イザナミは神々を生みます。これは、イザナミが最後に火の神・カグツチを生み、黄泉国を去るまで続けられました。

国土の始まりは男女の交わり（生殖行為）として語られており、一番最初に現れた神はムスヒ（産《む》す霊《ひ》）という名前をもっていました。これを基本のモチーフとして国が生まれ、神々が生まれ、そして中・下巻になると天皇の恋物語となって古事記のストーリーが展開されてゆくのです。

神話・伝承と

にこの類似性を問題にした学者がいた。平田篤胤《ひらたあつたね》である。本居宣長の死後に弟子になった彼は、キリスト教の神話との類似を挙げ、日本の神話が聖書に影響を与えたのだと主張している。

日本書紀との違い 違

古事記と日本書紀では世界のはじまり方が異なる

古事記では最初から高天原があって三神が現れるが、日本書紀は、はじめは卵のような中に兆しがあって、やがて清澄で明るいものが天となり、重く濁ったものが地となり、その中に「神聖」（神）が登場したといっている。この箇所は『淮南子《えなんじ》』や『三五暦記《さんごりゃくき》』と呼ばれる漢籍の文章と似て、本来日本人は天地開闢《かいびゃく》という考え方をもたなかったともいえるし、日本書紀は東アジアの世界観を共有しようとしているのだともいわれている。

※イザナキに切られたカグツチの血から、タケミカヅチを含む三神が生まれた。

失われた妻を求めて
黄泉国訪問

舞台 黄泉国《よみのくに》・日向国《ひむかのくに》

時期 神々の時代(はるかな昔)

見たな…！
待て！
うわぁぁ！
ガラ
ガラ
ガラ
ガラ
こんなことをするなら
一日に千人の人間を
殺してやるわ
では私は一日に
千五百人を生んでみせる

私は何と穢《きたな》い所へ行ってきたのだろう…
身を清めなくては
ミソギハライをしよう
おお
アマテラス
ツクヨミ
何とすばらしい神々が生まれたことだろう
スサノオ

アマテラス 君は はるかなる高みの あがめるべき 広がりである 高天原を治めなさい
はい
ツクヨミ 君は夜の国を
はい
スサノオ 君は海原を
ええっ？
嫌だー！
母上の ところに 行きたい！
嫌だ嫌だ 母上ー
うえええんんん
やかましい
それなら さっさと 母の所へ 行くがいい！
じゃ 母上の所に 行く…
まったく…
…私の仕事は ここまでだ
あとは アマテラス 君に任せた
こうしてイザナキは 淡海《おうみ》〈近江《おうみ》〉に 隠居した （淡路島《あわじしま》とも いいます）

イザナミの死と黄泉国での再会

イザナミは多くの神々を生み、最後に火の神・カグツチを生み落としたとき、燃えさかる炎にヤケドを負って黄泉国へと去ってしまいました。怒れるイザナキは、刀でカグツチの首を斬り落としてしまいます。

イザナキは妻への想いを募らせて黄泉国へ向かいます。御殿の入り口でイザナキを迎えたイザナミは喜びますが、すでに黄泉国で煮炊きしたものを食べた（ヨモツヘクヒ）ので帰ることはできないと伝えます。それでもせっかくきてくれたのだから黄泉の神と交渉しようと、「戻るまで中を見ないで」といい残して姿を消します。しかしなかなか戻ってきません。ついにイザナキは明かりをともして中を覗《のぞ》いてしまいます。そこには全身にウジ虫がたかり、腐ったイザナミの姿がありました。

思わず逃げ出したイザナキを、イザナミは黄泉国の鬼女であるヨモツシコメに追わせます。イザナキはつる草の髪飾りやクシを山ブドウやタケノコに変え、彼女らがそれを食べている間に逃げてゆきます。イザナミはさらにイカヅチ神たちや黄泉国の兵士に追いかけさせますが、今度は黄泉比良坂《よもつひらさか》（黄泉国との境）に生えている桃に生った実を投げて撃退。ついにイザナキは大きな石で黄泉国との境を閉じてしまいます。石の向こうで追い着いたイザナミが「地上の人間を一日千人殺してやる」というと、イザナキは「ならば、一日に千五百

神様クローズアップ

アマテラス

高天原を治める太陽の女神。「天照らす」は「神」を修飾する語で、「大(御)神」と呼ばれる神の中の神。

ツクヨミ

月の神で夜の世界を統治している。「月を読む」という名前は月の満ち欠けを数えることを指す。

スサノオ

荒々しい神で嵐の神、文化英雄神など多面的な性格をもつ。高天原に上るときに山を揺り動かすところには巨神の面影も。

人の人間を生ませてやる」と答えるのでした。地上と黄泉国との行き来はここで閉ざされ、「生」と「死」が誕生したのです。

ミソギから生まれた神々とスサノオの追放

逃げ帰ったイザナキは、黄泉の国の穢《けが》れを落とすために禊《ミソギ》（禊祓《ミソギハライ》と一言でい い表されることもありますが、ミソギはケガレを削《そ》ぎ落として清めること、ハライは罪を払《はら》い落とすこと）をしようとして衣服を脱ぐと、脱いだ衣服や杖から神が生まれます。水で身をすすぐと、さまざまな禍《わざわい》の神（マガツヒの神）が生まれ、またその歪みを直《なお》す神（ナオビの神）も生まれました。曲がった歪みとそれを直す神。素直なことを尊び、曲がったものは直されるという日本人の心性が現れています。禊の最後には左目からアマテラス、右目からツクヨミ、鼻からはスサノオの三柱の神が誕生します。イザナキはとても喜び、アマテラスには自分の首飾りを与えて神々の住む高天原《たかあまのはら》を、ツクヨミには夜の国を、そしてスサノオには海原を治めよと命じました。

しかしスサノオはいうことを聞かず、大きくなるまで（マンガには描きませんでしたが「長い髭《ひげ》が胸先まで伸びるまで」と記されています）泣くばかり。この世に悪い神が満ち、災いが起こってしまいます。理由を聞いたイザナキは怒ってスサノオを追い払ってしまいました。こうしてアマテラスに後を託したイザナキは淡海《おうみ》（「淡路《あわじ》」とも）の多賀《たが》に引退します。

類 神話・伝承との類似性

世界的に広く見られる『死の国からの脱出』

この物語と類似した話は世界各地に見られる。ギリシア神話でオルフェウスが冥府（死者の国の王宮）に死んだ妻を迎えに行く話。フィンランドの叙事詩『カレワラ』には、冥府ポホヨラから宝物を奪った英雄たちが、追いかけてきた冥府の女王たちに対して物を投げて岩礁を作って逃げるという話がある。

日本書紀との違い 違

黄泉国訪問とイザナキのミソギは日本書紀にはない

日本書紀に黄泉国を訪問する話は本伝の上にはない。日本書紀ではイザナミは死なず、イザナキと共に日神（アマテラス）たちを誕生させる。日本書紀は目に見える天と地上、海原でのことを語り、死者の国のような観念的な世界の話は脇に置いているのだ。

アマテラスVSスサノオ
高天原訪問

舞台　高天原《たかあまのはら》

時期　神々の時代（はるかな昔）

弟よ
何しに来たの？
実は
遠くに行くから
挨拶に…
信用できる
ものですか！
じゃあ
こうしよう
俺と子どもを
作るんだよ
へ？
それで悪意が
ないことを
証明する
まずは姉上に
俺の剣を預けるよ
そうしたら
よく噛んで

ゆすいで
はきだしてー
剣から三柱の神が生まれ
今度は姉上の玉を
プチ
ぽり
ぽり
玉からは五柱の神が生まれた
な
女の子だろ？
変な心なんてないぜ
そ
そうね
疑って悪かったわ
女の子はあなたの子
男の子たちは私の子にしましょう

日本最古の変身シーン？

そんなに母が恋しいなら、亡くなった母の国に行ってしまえと父神に追い出されたスサノオが、姉のアマテラスに挨拶しようと高天原へ向かう場面は「山川悉《ことごと》く動《とよ》み、国土皆震《ゆ》りき」と表現されています。まるで巨人が進撃するような描写ですが、それをみて姉神は自分の国を奪いにきたのかと思い、迎え撃つために男装します。

アマテラスが男装する場面の描写は細かく、髪が解かれてミズラ（耳の両上に髪を束ねる男性の髪型）となり、頭や左右の手足に勾玉を連ねた玉飾りが巻かれます。続いて背には千本の、脇腹には五百本の矢が入るユギ（矢入れ）が装着され、手に弓を持って振るい上げます。そして脚を上げて地面にのめりこむほどに踏みこんでポーズを決め、やってきたスサノオに対しアマテラスは声を荒らげ問い詰めるのです。

まるで目に浮かぶような描写は、アニメヒロインの変身場面を思わせます。古事記にはこのような映像的描写が多く見られます。古事記は基本的に漢文で書かれていますが、このような場面では漢文の文法を無視したり、ところどころ万葉仮名《まんようがな》（漢字を表音記号として用いるもの）で助詞や助動詞といった日本語特有の単語を入れたりして、なんとか豊かな表現にしようと試みています。これは古事記がもともと語られるものであったからだと考えられます。

神様クローズアップ

ウケヒで生まれた神々

それぞれの持ち物を口の中に入れて嚙み砕き、天《あめ》の真名井《まない》と呼ばれる井戸の水で漱《すす》いで吹き出して生んだ神々。

スサノオの剣とアマテラスの息吹から生まれたのはタキリビメ・イチキシマヒメ・タキツヒメの三柱。三柱とも福岡県の宗像《むなかた》神社の祭神である。

マサカツアカツカチハヤヒアメノオシホミミ・アメノホヒ・アマツヒコネ・イクツヒコネ・クマノクスビは、アマテラスの玉飾りとスサノオの息吹により生まれた神々であるとされる。なかでもオシホミミは皇室の祖に連なり、アメノホヒは出雲の大神を祭る氏族（出雲国造）の祖となる。

子どもの不思議な作り方

イザナキとイザナミは生殖行為で国土や神々を生んでいましたが、アマテラスとスサノオは、ウケヒ（物事の当否を判断する呪術）をしてそれぞれの持ち物を交換し、口に含んで噛んで吐き出すという不思議な子どもの作り方をしています。子どもの元となった持ち物をここでは「物実《ものざね》」（ものごとの元となるもの）といい、ここで生まれた子どもたち、とくにアマテラスの子となるオシホミミは、アマテラスの玉から成った神として位置づけられます。これは太陽神の子が、神々のなかでも特別な扱いをされているということでしょう。

こうして女神が生まれたことで邪《よこしま》な心はもっていないことが証明できたとスサノオはいい、アマテラスが生まれた子神たちの親をことばではっきり示しました。古事記はわざわざ「詔別《のりわ》」けたと記しています。

古事記の中では、「ことば」が大きな意味をもっています。ここではアマテラス（高天原を治める神）の「詔《みことのり》」つまり「おことば」として絶対的な地位が約束されます。古事記を生み出した人々にとって――日本人にとって――「ことば」とは単なるコミュニケーションツールとしての記号ではありません。「言霊《ことだま》」といういい方があるように、現実を左右できるほどの霊力をもったものと考えられています。特別な生まれ方をした神々ですが、さらにことばによって、神格化を深めているのです。

解 なるほど古事記

古事記ではウケヒがしばしば行われる

古事記には他にもウケヒの場面が描かれている。例えばお腹の中の子が相手との正しい子であるかとか（→「ホノニニギの結婚」74頁）、物言わぬ子を出雲大神のもとに連れて行くと話せるようになる（→「サホビコの反乱」118頁）などが挙げられる。神代古代には、ウケヒは日常的に行われていたようだ。

違 日本書紀との違い

ウケヒの判断基準が日本書紀にはある

古事記では前提条件を示さずにウケヒが行われているが、本当は事前に結果を定めておかなくては判断がつかない。日本書紀にはきちんと「自分が生むのが女ならば邪心があり男であれば真心である」と前提条件が書かれていて、古事記とは逆になる。

闇に覆われた世界と笑う神々 天岩屋戸

舞台 高天原《たかあまのはら》

時期 神々の時代（はるかな昔）

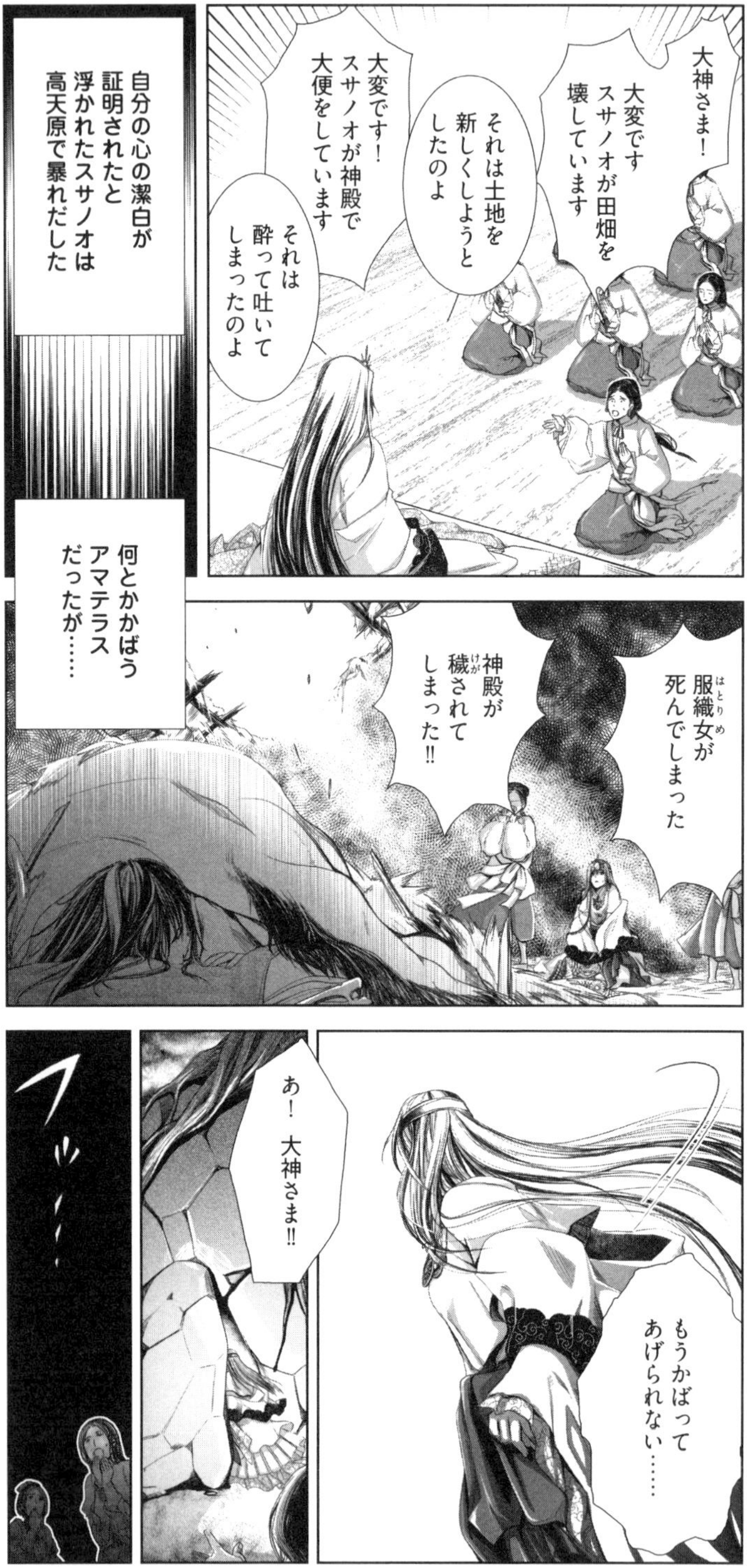
大神さま！
大変です スサノオが田畑を 壊しています
それは土地を 新しくしようと したのよ
大変です！ スサノオが神殿で 大便をしています
それは 酔って吐いて しまったのよ
自分の心の潔白が 証明されたと 浮かれたスサノオは 高天原で暴れだした
何とかかばう アマテラス だったが……
服織女《はとりめ》が 死んでしまった
神殿が 穢《けが》されて しまった!!
あ！ 大神さま!!
もうかばって あげられない……
フッ

世の中が暗くなってしまった！
アマテラスは岩屋に籠もり世の中が暗くなってしまった
思慮の神オモイカネよお前の知恵で大神を呼び戻しておくれ！
オモイカネ
イシコリドメ
フトダマ
タマノオヤ
アメノウズメ
アメノコヤネ
なぜ踊りと笑い声が…？
あなたより尊い神が現れたのですよ
そんな…
きゃあ!!!
大神様が戻って来られたぞ！
アメノタヂカラオ

暴れ狂うスサノオとアマテラス

ウケヒに勝ったスサノオは「俺の心が清く明るいのだから生んだ子はかよわい女なのさ！」と勝ち誇ると、高天原で田んぼのあぜを壊したり、新嘗祭《にいなめさい》を行う神聖な神殿に大便をまき散らしたりと乱暴の限りを尽くしますが、アマテラスはそれをかばいます。

スサノオが犯した行為は「天つ罪」と呼ばれる大罪。これは田のあぜを壊す（畔放《あはなち》）、田畑の溝を埋める（溝埋《みぞうめ》）、糞便をまき散らす（屎戸《くそへ》）など、社会生活の基盤や聖なるものを破壊する罪です。また、「天つ罪」に対して「国つ罪」があります。これは虫による作物の害などの天災、死体を汚す、近親相姦、他人を呪うことなどを罪とする考え方です。

最初はかばっていたアマテラス。小屋で布を服織女に織らせていると、なんとスサノオは、生きたまま馬の皮をはぎ小屋に投げ入れたのです。服織女は驚いた拍子に機織《はたお》り道具で性器を突いて死んでしまいました。こうなるとさすがのアマテラスもかばいきれなくなり、天岩屋戸《あめのいわやと》に籠もってしまうのでした。

笑う神々とアマテラスの再生

アマテラスが天岩屋戸に籠もったことで世界はたちまち闇に覆われました。やがて悪しき神々が五月蠅《うるさ》く満ちあふれ、災いが至るところで起きるようにな

神様クローズアップ

服織女《はとりめ》

布を織る女神。スサノオによって馬の皮が小屋に投げ入れられたため、驚いて機織り道具で性器を突き死んでしまう。

オモイカネ

知恵と思慮深さを兼ね備えた神。多くの鳥を集め鳴かせたり鉄で鏡をつくったりして、アマテラスを呼び戻す方法を考える。

アメノウズメ

岩屋の前で踊ってトランス状態になる女神。歌舞の始原ということで、芸能の神様として芸能関係者に大切にされている。

ります。この有様に困った八百万《やおよろず》の神々は天安河原《あめのやすのかわら》に集まり、思慮の神オモイカネに相談することにしました。

オモイカネは常世国《とこよのくに》の長鳴鳥《ながなきどり》を集め鳴かせ、またアマツマラとイシコリドメの二神に命じて鏡を、タマノオヤに命じて勾玉の飾りを作らせます。さらにアメノコヤネとフトダマを呼び、天《あま》の香久山《かぐやま》からシカの骨とハハカ（朱桜《かにわざくら》）を採ってこさせ占いをします。占いを終えると榊《さかき》を根こそぎ持ってきて、枝に勾玉・鏡・御幣《みてぐら》を上から順にくくりつけます。

これで準備万端。フトダマがこれらを供え物として持ち、アメノコヤネが祝詞《のりと》を奉じます。一方、天岩屋戸の脇にはアメノタヂカラオが隠れています。アメノウズメは葛《かずら》を身体にたすきにかけ、髪に飾り、笹の葉を手にし、足を踏み鳴らしながら踊りはじめました。踊りはだんだん神がかって激しくなり、乳房をさらし、着ているものを腰より下まで押し下げていきます。それを見て八百万の神々が一斉に笑ったので高天原がどよめきました。

おかしいと思ったのは籠もっていたアマテラスでした。アマテラスがもっとよく見ようと身を乗り出すや、隠れていたアメノタヂカラオがアマテラスの手を取り、外へと引きずりだします。そして「もう中へ戻ってはなりませぬ」とフトダマがしめ縄を背後に張りめぐらすのでした。

この話は日食を神話化したものとか、冬至の祭りで太陽の死と再生を意味するとされたり、皇室が行う大嘗祭《だいじょうさい》・新嘗祭《にいなめさい》に関連するとかの見方もあります。

日本書紀との違い 違

ほぼ同じだが細部に違いも

この話は日本書紀でもほぼ古事記と同じで、この神話の重要性が知られる。ここは太陽神（古事記では「アマテラス」、日本書紀本伝では「日神」）の死と再生による王権付与の物語であって、それにともない「三種の神器」のうち、玉と鏡の由来を語るものでもある。

その上で、古事記では、ウズメの舞いは「胸乳をかき出し、裳を性器の箇所まで押し下げた」とイメージ豊かに描かれているのに対し、日本書紀の本伝では単に「踊った」程度に抑えられ、神々が「どっと笑った」という描写もない。古事記の記述の方が映像的な表現をし、日本書紀の方が抑制された記録の文体となっている。

荒ぶる神の怪獣退治
ヤマタノオロチ

舞台 葦原中国《あしはらのなかつくに》、出雲国《いずものくに》

時期 神々の時代（はるかな昔）

ヤマタノオロチ
その娘 俺の嫁に くれたら 退治しよう
ええ!?
あなた様は 何者なの ですか？
あがめるべき ところで 照り輝いて おられる 大神様の弟だ
それはそれは！ 差し上げましょう
きゃ
ポン…
よし じゃあ クシナダヒメ 櫛に姿を変えて ここで俺を 守っておくれ
君たちは 八つの酒壺に 濃い酒を満たして
置き場を 作っておいて ヤマタノオロチを 待つんだ
来たぞ

ガブ
ガブ
ガブ
酒に酔って眠ってしまったな
切り刻んでしまえ！
ガチッ
ん？何かあるぞ
なんと立派な剣だろう
ヤマタノオロチの体から出現した剣は高天原のアマテラスの大神に捧げられクサナギの剣と呼ばれた

スサノオは
新居を建てるのに
ふさわしい場所を
求めて
出雲《いずも》の国のなかを
探り歩いた
なんて清々《すがすが》しい土地だろう
ここに宮を建てよう
クシナダヒメ
ずっと一緒だよ
スサノオは
歌を詠んだ
八雲《やくも》立つ 出雲八重垣《いずもやえがき》
妻籠《つまご》みに 八重垣作《やえがきつく》る
その八重垣《やえがき》を
これが三十一文字の
歌の始まりだという
須賀《すが》の宮

豊穣の神の末裔と妹の力

高天原を追放されたスサノオは、オオヤマツミの子、アシナヅチ・テナヅチとその娘のクシナダヒメと出会います。オオヤマツミは豊穣《ほうじょう》を約束する農業神。クシナダヒメは櫛名田比売と書きますが、日本書紀には奇稲田姫《くしいなだひめ》とあります。「クシ」は不思議という意味で、豊かに実る稲田を称えた名称です。

ヤマタノオロチは、出雲を流れる斐伊川《ひいかわ》の氾濫を意味し、オロチ退治とは田を守るための治水工事を意味するとか、他国との戦争をオロチとの戦いに見立てたなど諸説があります。しかし、アシナヅチが「目はホオズキのように赤く、背には杉や檜《ひのき》が生え、腹は常に血に爛《ただ》れているのです」と説明するおどろおどろしさは怪獣そのものです。この物語は手足をいつくしむように両親の慈愛によって育った美しいクシナダヒメが、怪獣の生贄《いけにえ》となるところをヒーローが現れて助ける活劇です。最も大切なのはオロチの中からクサナギの剣が登場するところにあって、これで三種の神器（→206頁）が揃ったということ。この剣を以てホノニニギは地上に降り立ち、その子孫ヤマトタケルが東国の荒ぶる神を平定することからヤマタノオロチの正体を考えれば、地上の荒ぶる神々の親分のようなものということになるでしょう。

オロチを退治するにあたってスサノオは、クシナダヒメを櫛に変身させますが、「クシ」ナダヒメだから櫛に変えたという言語遊戯もあるのでしょう。し

神様クローズアップ

クシナダヒメ

たわわに実った水田を象徴する女神。ヤマタノオロチ退治では櫛に姿を変え、スサノオを守る。退治後は無事スサノオと結ばれる。

カムオオイチヒメ

クシナダヒメの次にスサノオと結ばれた女神で、クシナダヒメの叔母にあたる。市場や商業の神とされている。

オオトシ・ウカノミタマ

二柱ともスサノオとカムオオイチヒメの子にあたり、ともに五穀豊穣・豊年満作の神とされている。ウカノミタマは、稲荷の神として日本中で祀られている。

かし櫛になりスサノオの髪の中に隠れたのかという点は、櫛が霊力を秘めた道具とされていたこと、女性は神秘的なパワーをもっており、アクセサリーとなって男性（スサノオ）を身に添って守護すると解釈するのがいいでしょう。

日本文学のはじまり

クシナダヒメと結婚したスサノオは、新居を求めてある土地にやって来て「心が清々《すがすが》しくなった」といって宮殿を建てました。「清々しい」ということばによってこの地を「須賀《すが》」と呼ぶようになります。地名の由来について「神が○○といったから」「神が○○ということを起こしたので」と伝える例は風土《ふど》記《き》にたくさん見られ、それらは「地名起源説話」などと呼ばれます。

宮殿が建つと雲が立ちのぼり、スサノオは、「たくさんの雲が立つ出雲の国に、幾重も囲って妻と住むために、幾重も垣をつくるよ、幾重もの垣を」という意味の五・七・五・七・七の三十一文字からなる歌（短歌）を詠みます。古今和歌集の「仮名序《かなじょ》」にはこの歌が和歌のはじまりと記述されています。古事記・日本書紀を通じて歌が登場するのはこれがはじめてです。このあとヤチホコの歌があり（→「八千矛神話」46頁）、海幸山幸の話（→「ウミサチヒコとヤマサチヒコ」78頁）でも詠まれますが、全て地上で歌われています。歌は地上にいる神の行為として始まり、人間の営みとして「天地を動かし鬼神をも感動させる」ものとして、日本人の文学として大切にされてきたのです。

類 神話・伝承との類似性

世界各地にある龍退治の話

龍（ドラゴン）を英雄が倒すという物語はユーラシア大陸に広く見られ、ペルセウス・アンドロメダ型神話と名づけられている。また、シグルド伝説のように、宝物を守る聖なる獣や自然の猛威の象徴として語られることも多いようだ。一方、中国では龍は聖なる獣であり、皇帝のシンボルとして歓迎された存在だった。

違 日本書紀との違い

日本書紀の記述はほとんど同じ

記紀ともここで、剣・勾玉・鏡の三種の神器が出そろうことに注目したい。これまで古事記と日本書紀で若干ずれていた世界観が、三種の神器が出揃うところでは足並みを揃えている。すなわち日本の国体の起源だけは、いい加減にできないということだ。

傷ついたウサギを助ける心優しき神

稲羽のシロウサギ

舞台　因幡国《いなばのくに》
時期　神々の時代（中頃）

後に大《おお》国《くに》主《ぬしの》神《かみ》となるオオナムチ

スサノオが結婚して子孫も次々と生まれ、かなりの時が経ちました。

ある時オオナムチという神が、稲羽《いなば》（因幡）に住むヤガミヒメに求婚しにいく兄の八十神《やそがみ》（多くの神）の荷物を背負い、とぼとぼ海岸を歩いていました。

そこには泣いているウサギがいて、見れば身体の皮がはがれ真っ赤になっています。ウサギはオオナムチに「八十神に『塩水につかり身体を風に吹かれて乾かせばよい』といわれたとおりにしたらこうなってしまった」と話します。

ウサギは、隠岐《おき》の島からどうやって海を渡ろうか考え、ワニをだましてその背中を飛び石にして海を渡ったのです。でももう少しで海岸に着くというときに、計略が上手くいったとうっかりもらしてしまいワニを怒らせてしまい、皮をはがされたのでした。

そんなウサギに対し、オオナムチは「真水で身体を洗い、ガマの穂の花粉を敷きつめた地面に寝ころべばよい」と教えます。いわれたとおりにすると身体

神様クローズアップ

オオナムチ

スサノオとクシナダヒメの六世孫で、古くから国造りの神として知られる。「大地《おおな》の貴人《むち》」とたたえられた神格。

ヤガミヒメ

因幡国の八上の土地神。この土地はヒスイを産出する。

ウサギ

動物のウサギのことだが、ワニとの対比が語られる。海の生き物との対照として陸の生き物、見た目が恐ろしく強そうな生き物に対し、小さいが賢い生き物といった具合。

は見事に治り、ウサギは白い毛に包まれます。お礼にとウサギは、ヤガミヒメと結婚できるのは八十神ではなくオオナムチであることを予言するのでした。

医療技術の教えと王の風格

この段は、古事記の中でも民話風に語られ、童話として私たちになじみの深い一編です。オオナムチがウサギの傷を治す話が中心ですが、ここで用いられたガマの穂の花粉は、現代でも蒲黄《ほおう》という漢方薬であり、止血消炎に効果があるもの。オオナムチがウサギにガマの穂の花粉に包まれよと治療法を教えたことは、塩水による消毒と乾燥という兄神たちの知っていた原始的な療法より、弟神の方がより高度な医療技術を知っていたということになります。

オオナムチは夏目漱石の『坊っちゃん』にも出てくる道後《どうご》温泉（愛媛県松山市）を発見した神としても知られています。死んでしまったスクナビコナを温泉の力で蘇生させるのですが、オオナムチは医療の神としても崇敬されています。

昔話には、悪い兄と善い弟（あるいはその逆）といった善と悪の対立といったパターンをとるものが多いのも事実ですが、だからといってこの話をもって、「オオナムチは優しい心の持ち主」といった現代風の解釈を当てはめるのは禁物です。この段階では兄神たちに決定的な悪役設定はなされていません。この話は、ウサギに施した行為によって予祝《よしゅく》（事前に結果を示して祝う呪術）をうけるという、次のお話への導入でしかないのです。

神話・伝承との類似性

東南アジアの動物説話に似たものがある

東南アジアからインドにかけ、シカがワニをだまして川を渡る話が広く残されている。しかし南方系説話の多くは、シカがワニに勝つ。これは弱い動物には知恵が備わっており、強くても愚かな動物に勝つといった考え方や、陸の動物が海の動物に勝つという側面、陸の海に対する優位が語られているという見方があるからである。

なるほど古事記

ワニの正体とは？

「ワニ」については実にさまざまな説が唱えられている。日本では「鰐《わに》」が生息していないことや、山陰地方から広島県北部山間地方ではサメやフカの肉のことを「ワニ」と呼ぶことから、サメの一種と考えられている。

八十神との闘いを経て 大国主神の誕生

シロウサギの予言通りになった
私、オオナムチさんが好き
ヤガミヒメ
オオナムチ
……気に食わぬな
うむ…
殺してしまえ
八十神たちは熱く熱した岩を猪《いのしし》だといって抱かせたり
ほーらイノシシだ
わあああああっ
ぱちーんっ
わっ
裂いた木にはさんでオオナムチを殺した
しかし
オオナムチ
その都度母神が現れ蘇生させた
…母上
このままではいけません
根の堅州国に行きなさい先祖の大神が守ってくれるでしょう
ここが根の国かあ
すみません
はい
君は?
スセリビメ
スセリビメ

舞台 根《ね》の堅州国《かたすのくに》

時期 神々の時代(中頃)

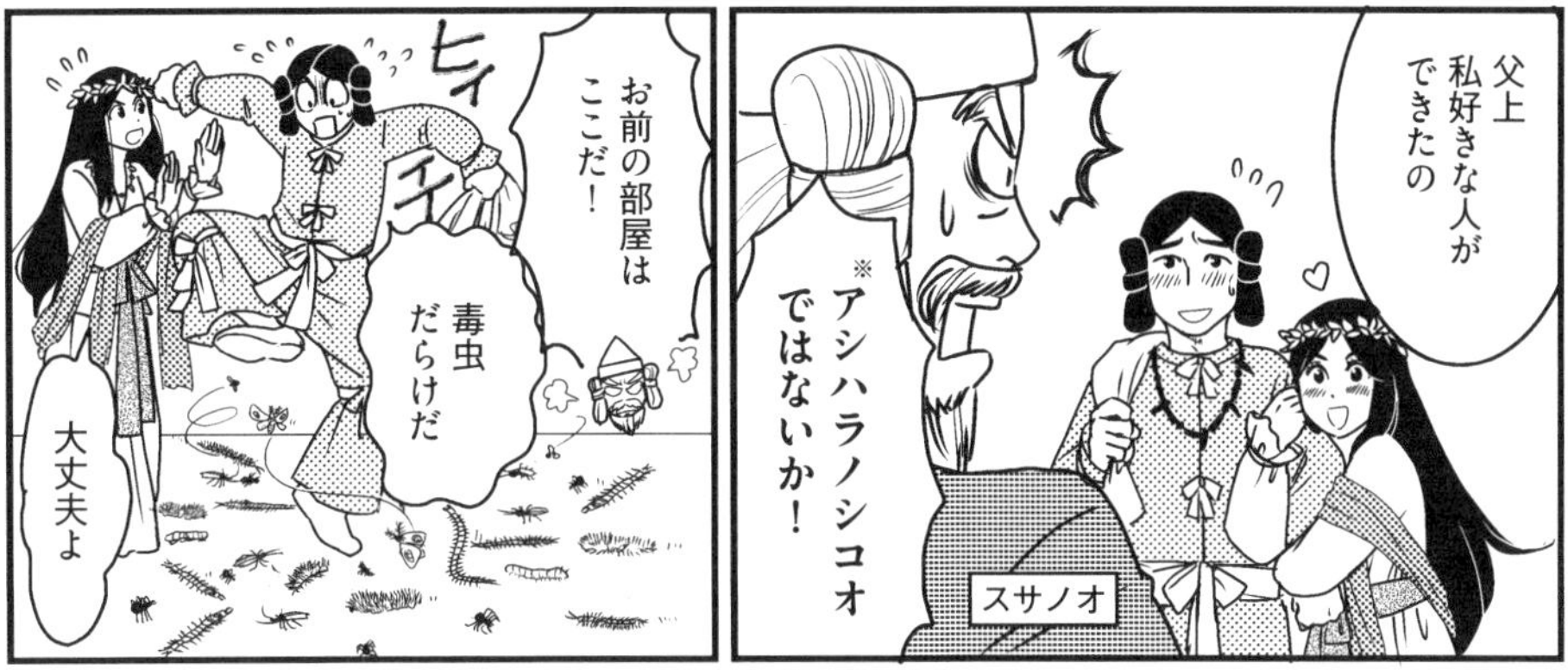
父上
私好きな人ができたの
※アシハラノシコオではないか!
スサノオ
お前の部屋はここだ!
ヒィィ
毒虫だらけだ
大丈夫よ

※葦原中国の猛者の意

オオナムチはスサノオから試練を与えられた
この布を三回振って
ばふばふばふ
おおっ
しかしスセリビメやネズミの助けもあってその試練を乗り越えていく
ピューーン!
ぽーーん
さがしてこい
あっ
内はほらほら外はすぶすぶ
スセリビメ
父上が眠られた
今のうちにここから逃げよう
ちょっと待って
ZZZ
これも持って行きましょ
刀と弓矢と琴
いいの?
よいしょっ
そーーっと…
べよん
!!
コラーーッ
わーーっ
ぜー
ここより先 黄泉比良坂
ぜー
こうなったら仕方ない!!
娘を正妻にしてお前は世に現れた国土の魂として大国主神《おおくにぬしのかみ》となるんだ!!

オオナムチへの試練

荷物持ちだったはずの弟にヤガミヒメを奪われた兄神たちは、オオナムチを殺そうと、あの手この手を仕掛けます。火で真っ赤に焼いた大岩を猪だといって受け止めさせたり、木にはさんだり。しかし真っ黒こげになって死んでしまったときには、母神が高天原《たかあまのはら》のカムムスヒにお願いして、キサガイヒメとウムギヒメの二神の母乳を塗ってオオナムチの治療をさせます。ウサギを治した医療神が、今度は治療をうけて生き返るのです。

母神は木国《きのくに》のオオヤビコの元へオオナムチを逃しますが、八十神がしつこく追いかけます。もう中つ国には安全な場所はないと思った母神は「根《ね》の堅州国《かたすのくに》のスサノオの大神のもとに行きなさい」と告げます。こうしてオオナムチは根の堅州国でスセリビメと出会うのでした。

根の堅州国はスサノオが「母の国」と慕った国。しかしかつてイザナミが去っていった黄泉国のような、暗くじめじめした場所（↓「黄泉国訪問」18頁）ではありません。今では草原が広がる地上と同じような国の眺めです。だから名称も異なり、「根の国」（生命の根源の国）というのでしょう。そしてスサノオはいつの間にか、母の国にたどりついて大神として娘と住んでいたのです。

スセリビメとの駆け落ち

神様クローズアップ

オオナムチの母親

オオナムチの母神で、古事記の系譜によればサシクニオオの神の娘、サシクニワカヒメ。オミズヌ神（出雲国風土記で出雲国を作ったヤツカミズオミツヌ神）の孫神と結婚してオオナムチを生む。

スセリビメ

スサノオの娘でオオナムチと根の国で出会い結婚する。

アシハラノシコオ
（オオナムチ・大国主神）

オオナムチの五つの名の中の一つで、会話文の中以外では用いられない。葦原中国の猛者を指す。

一目で恋に落ちた二神。スセリビメは父神スサノオにオオナムチを紹介します。スサノオはオオナムチに試練を課しますが、スセリビメの助けで克服していきます。

スサノオに矢を放つから拾ってこいと命じられたときには火を放たれますが、ネズミの助けを得て、焼け死んだと思い泣いていた彼女の前に無事に戻ってきます。憮然としてスサノオはさらに「俺の頭のシラミを取れ」と命じます。オオナムチがスサノオの髪の毛に手を入れるとそれはムカデでした。その時スセリビメがムクの実と赤土をオオナムチに手渡します。オオナムチは二つを口に入れ吐きだすと、それはまるでムカデを噛み砕いて血まみれにしたもののようでした。安心したのかスサノオは眠ってしまいます。これをチャンスと二神は、スサノオの髪の毛を建物の四方の柱や垂木《たるき》に結びつけ、宝物を持って駆け落ちするのでした。

この時天詔琴《あめののりごと》が鳴り響き、スサノオが目覚めてしまいます。追いかけようとしたスサノオは立ち上がったときに、髪の毛の結ばれていた御殿を引き倒してしまいます（相変わらずのパワーです）。髪をほどいているうちに、先へと逃げていく二神。彼らにスサノオは黄泉比良坂《よもつひらさか》で、「お前はこれから大国主神《おおくにぬしのかみ》として、我が娘を正妻にし、出雲の国に高天原に届かんばかりの宮殿を建てて君臨せよ！」と命じるのでした。これを最後にスサノオは表舞台から消えていきます。

なるほど古事記 解

少年から大人への脱皮

オオナムチの死と復活は民俗学でいう「成年式」で、子どもに肉体的・精神的に辛い試練を与え、それを乗り越えることで、結婚や祭礼・社会への参加資格を得て、周りから一人前として扱われるという儀礼だ。古事記では試練を経て、王者となる物語が次々と繰り返される。

オオナムチと大国主神の違いとは？

オオナムチと大国主神は同一人物だが、オオナムチはあくまでも大国主神の本体としての神格を表す名前。しかし物語上で名前が変わるというのは、身分やキャラクターが変わることを意味する。大国主神とはスサノオから与えられた国土の王者としての称号である。

浮気な主さま

八千矛神謡

舞台　出雲国《いずものくに》

時期　神々の時代（中頃）

私は大国主《おおくにぬし》だ！
大国主神
なんていっているけれど
こんにちは大国主の神様はいらっしゃいますか？
いないわよ
え？どちらに？
スセリビメ
他の女のところ
※八千矛《やちほこ》の神は国々を回ってよい妻を求めて越《こし》の国へやって来たのだぞ
夜が更ければヌエが鳴き時が過ぎればキジが声を響かせてニワトリが夜明けを告げる
うるさい鳥は息の根を止めてしまおうじゃないか
私の心は渚《なぎさ》に漁《すなど》る鳥のよう今はまだ波に怯《おび》えているのです
きっと後にはあなたの鳥になりますものを鳥たちの命はお助けください
ヌナカワヒメ
あの青い山に日が隠れれば闇の夜が顔を出すでしょう
その時まで恋の焦がれも今しばらくはお待ちくださいませ
やったー!!
フラフラしちゃって落ち着かないんだから

※オオナムチの別名

待って
行かないで！
スセリビメ
でもあの娘が…
さあ
お神酒です
お願い
私の大国主様
私には
あなたしかいないの
柔らかい布団の中で
足を絡めて
一緒に寝ましょう？
うんうん
じろっ
こうして
大国主神は
鎮まり坐《ま》すことになった

ミュージカルのような歌のやりとり

この段は「八千矛《やちほこ》神謡」とか「神語《かむがたり》」などと呼ばれています。物語は単純で、大国主神《おおくにぬしのかみ》がヌナカワヒメの住む御殿の前で、「この戸をあけてください。一緒に寝ましょう」と口説き、ヌナカワヒメがそれに応えます。続いて別の女神のところに行こうとするのを、正妻のスセリビメがお神酒を捧げて引き留めるという話です。このように詠唱《えいしょう》された歌を「歌謡」と呼びます。

この段の読みどころは歌にあるのですが、ここでの歌はスサノオの神詠（↓「ヤマタノオロチ」34頁）とは違い、三十一文字（五七五七七の短歌）ではありません。叙事的な長い歌となっています。

最初の歌は、大国主神が外から部屋の中にいるヌナカワヒメに呼びかける歌で、「ヤチホコの神のミコトは」と自分を他人のように表現してはじまります。読み進めていくと「吾（我）が立たせれば」と一人称になります。しかし、ここでは「立つ」に「す」という尊敬の助動詞がついて「立たせれば」と自分に敬語を使っています。これは、おそらく人が神の立場で歌っていることを意味するのではないかと思われます。歌人《うたびと》が、まず自分が誰であるかを名乗り、そして役（この場合はヤチホコ）になって一人称を使いながら、神の行為なので敬語を使ったのかもしれません。つまり、演劇的に詠唱されたということです。

神 神様クローズアップ

ヤチホコ（大国主神）

大国主神のまたの名。たくさんの矛（長い柄の先端に両刃の刀を装着した武器）という意味で、複数の女性との関係をみせる。

ヌナカワヒメ

越の国（北陸地方）に住む女神。訪ねてきたヤチホコを一度は拒んでみせるが結局は受け入れてしまう。

スセリビメ

スサノオの娘で大国主神の正妻。多くの女性を相手にする大国主神を見て嫉妬するが、二神は後に和解する。

恋多きヤチホコの行く末は？

実際に詠唱された歌を「歌謡」と呼びますが、その特徴として、鳥が多く詠みこまれていることがあげられます。最初の歌では「朝を告げる鳥が憎いから殺してしまおう」、次のヌナカワヒメの歌では「わたしは鳥のようなもの。やがてはあなたの鳥よ」と詠いこみます。天岩屋戸神話でも常世《とこよ》の長鳴鳥《ながなきどり》が出てきましたし、国譲り神話ではアメノワカヒコの葬儀の場面で鳥が出てくるなど、古事記全体で鳥は多く登場します。

さて、ここで語られるエピソードは大国主神の浮気話です。しかし根の国の訪問から次の国造りまでを総体的に見ると、正妻であるスセリビメが大国主神（ヤチホコをスセリビメは歌の中で「我《あ》が大国主」と呼びかけています）に神酒を捧げ、自らが神の嫁と宣言し、その結果、大国主神が「鎮まった」と結ばれます。すると、スサノオに大国主神となれといわれて名乗ったものの、まだ浮ついていたところが正妻の力で落ち着いた本物の大国主神になった、というお話なのだと思います。

ヤチホコがヌナカワヒメ・スセリビメと交わした歌は、最後に「神語」と呼ばれているという記述で終わります。神話の古い形は、こうした歌や語り、さらには踊りや舞いといった演劇や音楽を含めたエンターテイメント性豊かなものだったのかもしれません。

なるほど古事記 解

古代からあったファッションという概念

神様たちはしばしば埴輪《はにわ》に見られるような古墳時代の筒袖ズボン姿の質素な姿で描かれている。しかし、ここの「神語」の中で女性と逢う前のヤチホコは「黒い服は似合わない、青い服も似あわない」とコーディネイトに悩んでいる。結局染めた服を選ぶのだが、万葉集の中の「竹取翁の歌」（巻16）でも若い頃の竹取翁が鏡を前に最新ファッションに身を固めて悦にいっているので、古代でもファッションに気は遣っていたのだろう。稗田阿礼《ひえだのあれ》に古事記を語らせた天武天皇は服装に関する規定を幾度も更新しているし、律令制に移行した時代、ファッションに関心がもたれていたこともうかがえる（→「聖徳太子の政治」192頁）。

二神の力を借りて 国作り神話

舞台 葦原中国《あしはらのなかつくに》

時期 神々の時代（中頃）

落ち着いた 大国主神《おおくにぬしのかみ》は 国を作ることにした
そうは いったものの… どうしたら 作れるのだ？
ん？
あれは 何だ？
大国主神
なにやら 小さい者が いる
？
誰か彼を 知っている者は いないか？
それは スクナビコナ
おごそかに 生み出す力 カムムスヒの神 の御子神 スクナビコナ
クエビコ
カムムスヒ様 実のところ いかがなので しょうか？
彼のいう通りだ 一緒に国を 作りなさい
おお、さすが 歩かずに 全てを知る クエビコ
手伝って くれますか？
スクナビコナ
コクン

大国主神は スクナビコナと 国土を立派に 作っていった
ところが
スクナビコナが 常世の国へ 行ってしまった！
ガく
どうしたら よいのだ…
ん？
あれは 何だ？
何か 光っている ものが来る
私を祀《まつ》れば 一緒に国を 作ってあげよう
そうしなければ うまくいかぬぞ
なんと…
大国主神は この神をお祀りして 国を作ることができた
この神は 奈良県の三輪山《みわやま》に 今でも祀られている

国作りと小さな神様

スサノオに命じられ大国主神《おおくにぬしのかみ》となったオオナムチは国作りをはじめることにします。大国主神が出雲《いずも》の御大《みほ》（美保《みほ》）岬にいたときのことです。海の彼方《かなた》から小さな船（アメノカガミブネ）が近づいてきます。それはガガイモ（薬草の一種とされる）の実を割ってできた船でした。船には手のひらに乗るほど小さな神がヒムシ（蛾）の皮を衣にして乗っています。大国主神は小さな神に名を尋ねますが答えません。周りの神々に聞いても誰も知りません。そこへタニグク（ヒキガエルの神）がやってきてクエビコなら知っていると助言します。「これはカムムスヒの御子スクナビコナだ」というクエビコのことばをカムムスヒに確認すると「わが子であるが、あまりに小さいので私の指の間からこぼれ落ちてしまったのだ。これからはお前の兄弟分としてともに国作りに励みなさい」という返事でした。

こうして大国主神とスクナビコナは協力して国土を堅めていきます。順調に進むかと思われた国作りですが、あるとき突然スクナビコナが常世国に去ってしまいました。大国主神はスクナビコナの不在を悲しみます。

常世の国とは根の国の別名ともいわれ、日本人が信仰する海の彼方にある神々の原郷です。ここから訪れる神は客人神《まろうどかみ》として幸いをもたらしてくれるとされていました。

神様クローズアップ

スクナビコナ

スクナ御神とも呼ばれ、万葉集で「大穴道少御神《おおなむちすくなみかみ》の作らしし妹背《いもせ》の山」などと詠まれるように、国造りの神として古くから知られている。

クエビコ

山田のソオドとも呼ばれ、カカシの神格化。歩かなくてもこの世のことをすべて知っているとされている。

大物主神

日本書紀では大国主神と同一神とされており、大いなるものの主という神名をもつ。

大国主神と大物主神

スクナビコナが突然いなくなって嘆く大国主神のもとに、海の彼方から光り輝くものが近づいてきます。「私を祀れば一緒に国を作ってあげよう。そうしないと国作りはうまくいかないよ」と大国主神にもちかけます（半ば脅迫気味に）。そこで相手のことばに従い、御諸山《みもろやま》（三輪山《みわやま》）に祀ったのでした。この神はオオモノヌシ（以下「大物主神」として大国主神と同格に扱うことにします）と呼ばれます。

「出雲国造神賀詞《かむよごと》（天皇に対して奏上するめでたい詞書）」では大物主神は大国主神の和魂《にぎみたま》とされ、書紀の一書《あるふみ》では幸魂《さきみたま》・奇魂《くしみたま》とされています。和魂とは「神の優しさ・自然の恵みなど温和な面を表したもの」、幸魂・奇魂は和魂をさらに二つにわけ、それぞれ「幸せをもたらすもの」「神の不思議な力」という意味をもちます。反対は荒魂《あらみたま》で、「神の荒々しさ・恐ろしさ」を表しますが、「顕《あらわ》れた（姿を見せる）魂《みたま》」の意味も重ねられているのかもしれません。

古代日本人の霊魂観は、肉体そのものに本来備わる魂（内在魂）と、外から付着させる魂（外来魂）と二つあるという考え方だったようです。外来魂を招いて体内に鎮めようとすることを「魂振《たまふ》り」ともいいます。また内在魂が外に出てしまうと死ぬと考えられ、体内に鎮めるためのお祭りもしました。それを「鎮魂祭《たましずめのまつり》」といいました。

解 なるほど古事記

二つの「出雲」

奈良時代の出雲地方（島根県東部）の「古老の伝えた話」は『出雲国風土記《いずものくにふどき》』に記録されている。しかし、古事記にそれらの伝承は全く反映されていない。出雲国風土記はその土地に住む人々にとっての出雲だが、古事記の出雲とは古事記の神話的世界観にとって特別な場所として設定されているということなのだろう。

違 日本書紀との違い

日本書紀の世界観

「稲羽のシロウサギ」から「国作り」（40〜51頁）までオオナムチ（大国主神）の物語は、日本書紀には該当する記述がない。

日本書紀が語ろうとするのは日本の起源と天皇による統治史だからである。

いのちを生みだす神秘のパワーを有する、姿の見えない神

タカミムスヒノカミ

アマテラスとともに皇室の祖先神とされる

タカミムスヒは「高御産巣日」と書き、天地のはじめにアメノミナカヌシ、カムムスヒとともに高天原《たかあまのはら》に現れた三神（造化三神）の一柱で、特別に尊い神。「独神《ひとりがみ》（性別のない神）」としてすぐに身を隠しました（日本の神様は多くの場合、男女ペアですが、タカミムスヒたちはペアとなる神をもちません）。「タカ」は「遥かな高み」に坐《いま》す、「ミ」は敬称で「ムス」は「産みだす」意、「ヒ」は神霊を表す語で、「高天原に坐す、もの（生命）を生みだすパワーをもつ神霊」という神名。「高木神《たかぎのかみ》」とも呼ばれ、皇室の祖先神ともされています。また、アマテラスとともにホノニニギを降臨させた指令神でもあります。

古事記および日本書紀の成立後、天皇家の祖先神の系統が正統なものだとされたため、タカミムスヒは独自の祖先神をもっていた多くの豪族の祖先神として仮託されることになりました。タカミムスヒは大伴《おおとも》氏、佐伯《さえき》氏、斎部《いんべ》氏など、主に伴造《とものみやつこ》と呼ばれる朝廷に仕えた中央の豪族の祖先とされています。

日本書紀での活躍が目立つ

古事記ではあまり出番のないタカミムスヒですが、日本書紀では色々な神に命令する、まさに司令塔的な存在です。例えば、神武天皇が大和を攻めるときに剣を授けたり、ヤタガラスを派遣するなどして朝廷側を支援したのはタカミムスヒ（高皇産霊尊）です。「顕宗紀《けんぞうき》」では、月神の託宣中にタカミムスヒの名前が出てきます。律令制で神祇官《じんぎかん》が設置されてからは（おそらくそれ以前の歴史があるのでしょう）神祇官西院の八神殿の一つに祀られ、新嘗祭《にいなめさい》の前夜に天皇の霊力を高める鎮魂祭などで祭られました。

タカミムスヒとともに万物生成のパワーをもつ

カムムスヒノカミ

高天原担当のタカミムスヒに対して地上を担当する

カムムスヒは「神産巣日」と書き、タカミムスヒとともに、この世に物を生みだし成らしめるパワーをもった姿の見えない神。「おごそかな、もの（生命）を生み出すパワーをもつ神霊」です。日本書紀では「神皇産霊《かむみむすひ》」と書き表され、タカミムスヒと同様、「独神」として身を隠しています。タカミムスヒが天つ神の御子（皇孫・天皇）に関わって活動するのに対し、大国主神《おおくにぬしのかみ》と関わって、八十神《やそがみ》に殺されたオオナムチ（大国主神）を蘇生させたり、子である神スクナビコナに国作りを手伝わせたりしています。さらに出雲国風土記では、カムムスヒが出雲大社造営のため、出雲の神々を集め社殿の建立を進めたとあります。このカムムスヒも宮中八神殿に祀られました。

カムムスヒもタカミムスヒと同様、多くの豪族の祖先神に仮託されています。タカミムスヒが中央の豪族の祖先神になったのに対し、カムムスヒは大伯《おおくの》国造《くにのみやつこ》、吉備中県国造《きびのなかつあがたのくにのみやつこ》など、地方豪族の祖先神となりました。

古事記の世界観と造化三神

タカミムスヒもカムムスヒも、ともに物を生みだす霊力の神格化で、それぞれ天つ神の御子と国つ神とに関わって活躍します。古事記では冒頭に堂々と登場していますが、日本書紀では「一書《あるふみ》」とある異伝の中に、さらに「又曰《またいわく》」として紹介されるにすぎません。その違いは古事記が系譜（父―母―子の関係）を基軸とし、婚姻の話や相続の物語を繰り返してゆくのは、「ムス＝生む」ということを原理として語られているからだと考えられます。

日本列島の神々を生んだ地上の大神

イザナキノミコト

天地のはじまりとともに現れた神々

古事記冒頭、神世七代の最後に登場する兄妹神の兄神です。「イザナ」は誘う、「キ（ギ）」は男性を表す語。「イザ」は磯、「ナギ」は「凪（風のない海面）」にも通じるともされますが、これは国生み神話が瀬戸内海を中心として展開され、また類似した神話が東南アジアの海洋方面にあることから、海洋民族（海人《あま》）の神話と捉えて名義を考えるからです。

イザナミと結ばれて多くの国や神々を生みだしたことから、創造神（キリスト教的な唯一絶対神による創造とは異なる）的役割をもちます。子どもの神に命令したりする男性的な性格から、地母神（イザナミ）に対する天父神とする見方も。イザナミが黄泉国《よみのくに》に去ったあとは哭泣《こっきゅう》して哀しみ、連れ戻そうと黄泉国まで追いかけることから妻を深く愛しているのでしょうが、約束を破ったり、無残な姿を見て逃げ出してしまうあたりには、少し残念さが漂います。わが子を恨み、首を斬り落としてしまうのも驚きです。

イザナキの隠居所はどちらだ？

イザナキは仕事を終えて、淡路《あわじ》あるいは淡海《おうみ》の多賀《たが》という場所に身を隠します。淡路島（兵庫県淡路市）の伊弉諾《いざなぎ》神宮とも、滋賀県多賀町の多賀大社ともされています。筆の字だと「路」も「海」も似たような字になって、どこかで誤写がおきて伝わったのだと思われます。国生み神話が淡路島からはじまり、四国・隠岐・九州・壱岐・対馬・佐渡・本州という順で大八島を形作るので、その中心となる淡路島に隠居したとも考えられますし、古事記では「淡海」も重要な土地なので、判断がつかないのが現状です。

この世に現れた最初の夫婦神

イザナミノミコト

古事記では火の神カグツチを生み死んでしまうが

「イザナ」はイザナキ同様、誘うの意味で、「ミ」は女性を表すとされています。海洋民族の神話を考えれば「ナミ」は「波」でしょうか。イザナキと結婚して国土や森羅万象を生みだす重要な役目を果たします。火の神を生んで火傷した際に吐瀉物などから生まれた神が、鉱物や粘土などの神となるところから地母神的性格もうかがえます。

火傷した挙げ句、黄泉国に逝《い》ってしまい、迎えにきたイザナキとともに地上に帰ろうとして黄泉国の神と交渉しますが、その間に夫に約束を破られ、激怒して追いかけます。最初の結婚の時は自分から相手に先立って声をかけるなど、基本的に積極的な性格をもった女神です。最後には一日に千人殺すといい捨て、離婚して黄泉津大神《よもつおおかみ》となってしまいます。火の神・カグツチを生んだために黄泉国に去ってしまうイザナミですが、亡骸《なきがら》を葬ったとされる場所をめぐっては諸説あります。

葬ったとされる場所は2か所ある

古事記は出雲国《いずものくに》（島根県東部）と伯耆国《ほうきのくに》（鳥取県西部）の境にある「比婆之山《ひばのやま》」にイザナキの亡骸を葬ったとしています。有名なのは国定公園にもなっている広島と島根の県境の比婆山ですが、古事記の記述と合いません。島根県安来《やすぎ》市にある比婆山は山頂に比婆山久米神社が祀られています。日本書紀では三重県熊野市にある花窟《はなのいわや》神社をイザナミの埋葬地としていて、ここは今でも年に2回の例大祭が行われています。なお日本書紀の本伝ではイザナミは死なないので、葬られた場所については記されていません。

皇室の祖先神である至高の女神

アマテラスオオミカミ

伊勢神宮の主祭神であり、ご神体は八咫鏡

日の神で、高天原の主神とされる皇室の祖先神。アマテラスとは「天」、つまり遥かなる高みに「照」（テルに尊敬の助動詞がついてテラス）「大神」ということで、「アマテラス」は実は名前ではなく、「大神」を修飾することばです。つまり固有名をもっていませんが、便宜上アマテラスと呼んでおきます。

日本書紀ではオオヒルメムチとも呼ばれますが、「オオ」は「偉大な」、「ムチ」は「貴人」という意味なので、「ヒルメ」が名前の核となります。これを「日女」と考えて、もともとは太陽神に仕える巫女で、時を経て神として祀られるようになったと考えることもできます。

天孫降臨のときにホノニニギに八咫鏡《やたのかがみ》を「私の魂として祭りなさい」と与え、宮中で祭られていましたが、崇神《すじん》天皇から垂仁《すいにん》天皇の時代にかけて、宮中を離れ伊勢に遷座しました。これが伊勢の神宮（これも本当は「神宮」だけが名称）で、内宮に祀られています。

実はアマテラスは男だった!?

伊勢神宮にはアマテラスを祀る内宮《ないくう》（皇大神宮《こうだいじんぐう》）と、アマテラスの御饌《みけ》（食事）を司るトヨウケを祀る外宮《げくう》（豊受《とようけ》大神宮）があり、これに14の別宮と109の摂社《せっしゃ》・末社《まつしゃ》などを加えた125の宮社を総称して「神宮」と呼んでいます。なお、太陽を司る女神として知られているアマテラスですが、もともとは男の神様だったという説も。伊勢で祀られていた太陽神で男神のアマテルがアマテラスの前身で、アマテルに仕える斎宮（P.203参照）が神格化したものがアマテラスではないかというものです。

読むものを圧倒する怪獣退治の勇者

スサノオノミコト

高天原追放の後、出雲を治める

「スサ」は荒ぶる、すさまじいという意味でその名の通り、古事記では田を荒らしたり糞便をまき散らしたりとすさまじい所業を繰り広げ、その挙げ句、手に負えなくなり高天原から追放されてしまいます。そんな荒ぶる神なのですが、ヤマタノオロチ退治で一躍英雄になり、クシナダヒメと結婚する時には出雲の須賀《すが》に宮殿を建てるなど、優しい性格の神になります。そんな善悪を併せもった人間臭い性格をもつことから、古事記の中でも高い人気を誇ります。

最初高天原に上るときは山川を揺り動かしたり、髪の毛の中にムカデを飼っていたり、寝ている隙に髪の毛を結びつけられて、起きたときに引っ張り倒した御殿を「八田間大室《やたまのおおむろや》」（巨大な広間）というなど、どこか巨人の面影も宿しています。また、日神アマテラスを岩屋戸に籠もらせてしまうところに嵐の神としての性格を見る学者もいて、明治時代に論争がおきています。その性格は複合的で単純に「〇〇の神」とはいえません。

夏祭りはスサノオを祀る祭

日本の夏の風物詩である夏祭りですが、その起源に祇園《ぎおん》祭があります。夏の京都を彩る祇園祭は有名ですが、祇園様と呼ばれる祭の神様は牛頭天王《ごずてんのう》（仏教における祇園精舎の守護神）のこと。実はこの牛頭天王はもともとはインドから伝わった疫病の神だったのですが、古くからスサノオと同一視されてきた神なのです。祇園祭をはじめ、夏祭りには豊作を妨げる虫を追い払う祈願が含まれていますが、スサノオもその荒々しい性格から、悪い虫を追う神として親しまれているのです。

夜の国を治める
ツクヨミノミコト
活躍のない月の神

イザナキの左目から生まれたのは日神アマテラス、右目から生まれたのがツクヨミで、日月ペアなのですが、アマテラスに対して「夜の食国《おすくに》」を治めるツクヨミの活躍はほとんどありません。日本書紀にウケモチを殺す神話がありますが、これは古事記ではスサノオがオオゲツヒメを殺す話（穀物の起源を語る話）として載っています。ツクヨミあるいはツキヨミというのは、「月」を「読む」つまり月の満ち欠けを数えること。ちなみに、「暦《こよみ》」は「日《こ》読み」です。二日三日《ふつかみっか》のカがコとなります。ツクヨミは月の満ち欠け、すなわち暦を司る神として、古くから農耕や狩猟の守護神として祀られてきました。

ガガイモの舟で現れた小さな神
スクナビコナ
志半ば突然消失

アメノカガミフネ（ガガイモのさやでできた船）に乗り、国作りに悩む大国主神の前に出現します。カムムスヒの御子であり、田畑に害を与える鳥や虫を追い払う方法を定めたとされ、農業に関連の深い神とされています。また身の丈はわずか手のひらサイズという小さな神様です。

大国主神に協力して国作りに尽力していましたが、途中で海の彼方の常世《とこよ》の国に去ってしまいました。

古事記の記述とは直接は関係ありませんが、豊作や病気平癒のご利益のほか温泉の神様としても祀られています。また、スクナビコナの名が日本人の発見した小惑星につけられています。

国作りの神にして女性にもモテる神

大国主神

五つの名をもつ国つ神の元締め

大国主神《おおくにぬしのかみ》のほかに、オオナムチ・アシハラシコオ・ウツシクニタマ・ヤチホコの五つの名をもつ国作りの神です。オオナムチとは「大いなる大地の貴人」、アシハラシコオは「葦原中国《あしはらのなかつくに》の力あふれる男」、ウツシクニタマは「現世に顕れた国土の霊魂」、「ヤチホコ」は「多くの矛」の意。多くの女神と数々のロマンスを咲かせたモテる神様としても知られており、日本書紀の異伝では百八十一柱もの子を成したとされているほどです。そのため国作りの神・医療の神・豊饒《ほうじょう》の神のほか、縁結びにも強いパワーをもち、出雲大社には良縁を願う若い女性が絶えません。後にはインドの神である大黒天《だいこくてん》とも同一視され、「大黒様」として多く人々から慕われています。

スサノオの娘スセリビメと恋に落ち、スサノオから多くの試練を与えられますが、スセリビメの助けもあってこれを乗り越えます。彼はスサノオから偉大なる国土の主神の名を与えられ、国作りに着手していきます。

風土記《ふどき》は大国主神の逸話の宝庫

大国主神には多くの逸話がありますが、ワニ（爬虫類のワニではなく、魚類のサメのこと）をだましたために皮をむかれて赤裸にされてしまったウサギを助けた「稲羽のシロウサギ」のエピソード（P.40）は有名ですね。この話は古事記と、地方ごとの地史をまとめた『風土記』のうち「因幡国《いなばのくに》風土記」に見られますが、日本書紀には書かれていません。風土記にはオオナムチ（大国主神）が頻繁に登場しており、「出雲国風土記」には女性によくモテたオオナムチが妻問い（求婚）をした話が収録されています。

古事記ゆかりの地へいこう

古事記上巻にゆかりの深い場所をご紹介。西日本にまとまっているので、足を運びやすいのでは。

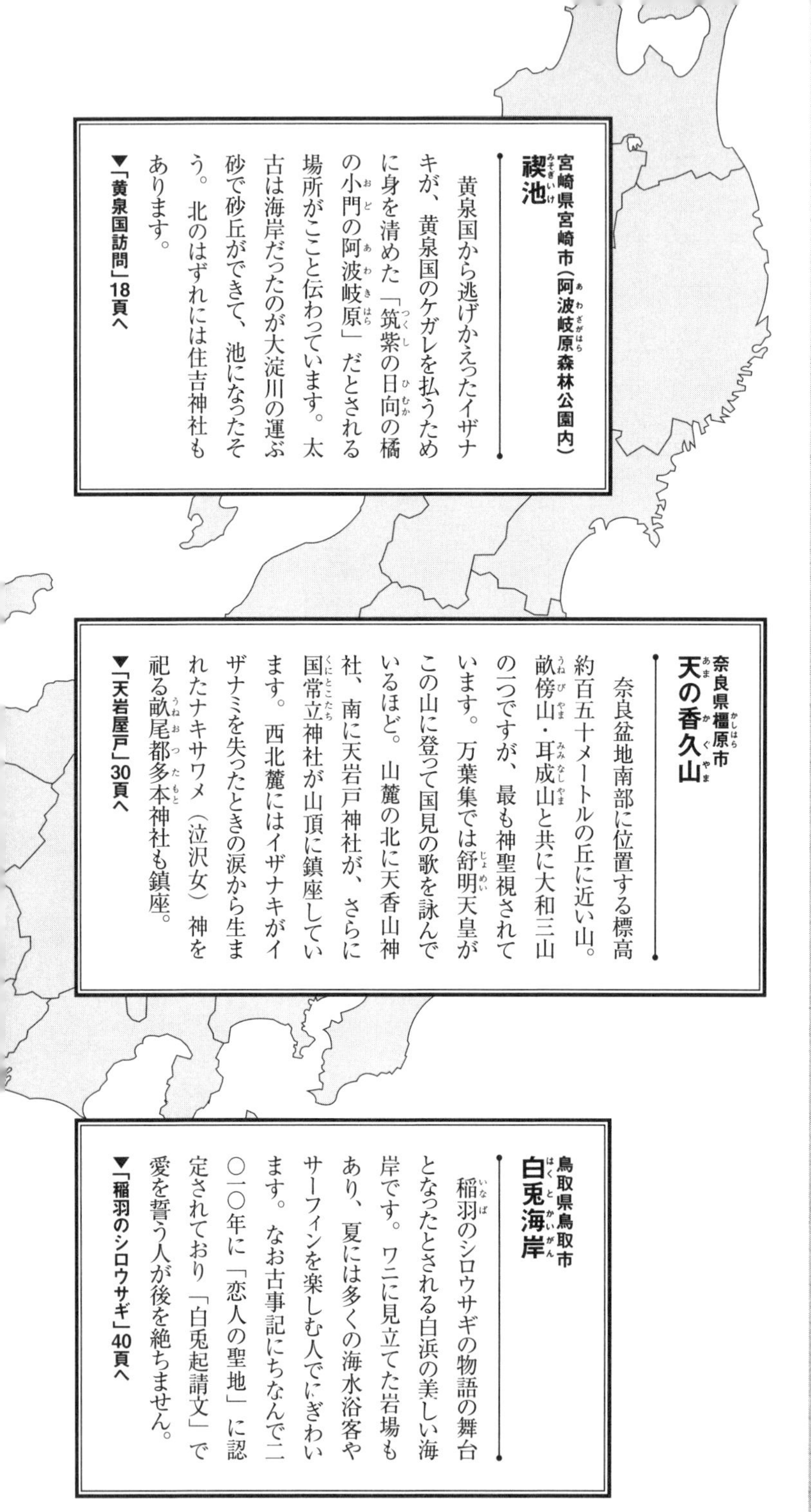

宮崎県宮崎市（阿波岐原《あわぎがはら》森林公園内）
禊池《みそぎいけ》

黄泉国から逃げかえったイザナキが、黄泉国のケガレを払うために身を清めた「筑紫《つくし》の日向《ひむか》の橘の小門《おど》の阿波岐原《あわきはら》」だとされる場所がここと伝わっています。太古は海岸だったのが大淀川の運ぶ砂で砂丘ができて、池になったそう。北のはずれには住吉神社もあります。

▼「黄泉国訪問」18頁へ

奈良県橿原市《かしはら》
天《あま》の香《か》久山《ぐやま》

奈良盆地南部に位置する標高約百五十メートルの丘に近い山。畝傍山《うねびやま》・耳成山《みみなしやま》と共に大和三山の一つですが、最も神聖視されています。万葉集では舒明《じょめい》天皇がこの山に登って国見の歌を詠んでいるほど。山麓の北に天香山神社、南に天岩戸神社が、さらに国常立《くにとこたち》神社が山頂に鎮座しています。西北麓にはイザナキがイザナミを失ったときの涙から生まれたナキサワメ（泣沢女）神を祀る畝尾都多本《うねおつたもと》神社も鎮座。

▼「天岩屋戸」30頁へ

鳥取県鳥取市
白兎海岸《はくとかいがん》

稲羽《いなば》のシロウサギの物語の舞台となったとされる白浜の美しい海岸です。ワニに見立てた岩場もあり、夏には多くの海水浴客やサーフィンを楽しむ人でにぎわいます。なお古事記にちなんで二〇一〇年に「恋人の聖地」に認定されており「白兎起請文」で愛を誓う人が後を絶ちません。

▼「稲羽のシロウサギ」40頁へ

島根県松江市
黄泉比良坂《よもつひらさか》

松江市から東へ国道九号線の旧道を走り、揖夜《いや》神社を過ぎた先に、黄泉比良坂があります。イザナミを防ぐために道をふさいだ大岩も鎮座しており、昭和十五（一九四〇）年に建てられた「神蹟 黄泉平坂伊賦夜坂 伝説地」と彫られた史蹟碑も。黄泉比良坂は駐車場から揖夜神社の方へ下る道がそうだといいます。

▼「黄泉国訪問」18頁へ

島根県松江市
八重垣神社《やえがきじんじゃ》

ヤマタノオロチ退治にまつわる神社で縁結びの神様として知られています。もともとは須賀の地にありましたが、後に遷されたとされています。平安期の作とされる神々を描いた壁画があり、近くにはクシナダヒメをヤマタノオロチから隠したとされる森や、ヒメが姿を映したという鏡池があります。出雲大社と同じく縁結びの神社としても知られています。

▼「ヤマタノオロチ」34頁へ

島根県雲南《うんなん》市
須賀神社《すがじんじゃ》（須我神社）

ヤマタノオロチを退治したスサノオはクシナダヒメと須賀の地に日本ではじめての宮殿、日本初《にほんはつ》之宮《のみや》をつくります。その宮とされる神社です。三十一文字で作る和歌発祥の地の碑が建っています。オロチ退治の後、スサノオがこの地で詠んだ歌が「出雲」の語源となりました。

▼「ヤマタノオロチ」34頁へ

第二章
国体の由来

タケミカヅチVS大国主神《おおくにぬしのかみ》
出雲大社の創祀《そうし》
▼六十六頁へ

高天原《たかあまのはら》から高千穂《たかちほ》へ
天孫降臨《てんそんこうりん》
▼七十頁へ

与えられた寿命とかけられた疑惑
ホノニニギの結婚
▼七十四頁へ

失われた針を探して
ウミサチヒコとヤマサチヒコ
▼七十八頁へ

神々の助けを受けながら大和へ
イワレビコの東征《とうせい》
▼八十四頁へ

国家の成り立ち

大国主神がアマテラスに国を譲り
ついに天孫ホノニニギが降臨する。
地上に降りた天つ神の御子が
西から東へ旅をして天皇となる。

タケミカヅチVS大国主神

出雲大社の創祀《そうし》

舞台　高天原《たかあまのはら》・出雲国《いずものくに》

時期　神々の時代（後期）

豊かなあの土地は私の子孫が治めるべきよ
アメノオシホミミお行きなさい！
アマテラス
あのような騒がしい場所へ行きたくありません
……
どうしたものかオモイカネ
アメノオシホミミ
アメノホヒを遣わされればよいかと
ところがアメノホヒは地上へ行ったきり帰ってこなかった
ではアメノワカヒコなら
その弓と矢を持って地上を平定してくるように
はい
アメノワカヒコ
しかし地上に向かったアメノワカヒコもまた
大国主神の娘と結婚し帰ってこなかった
アメノオハバリかタケミカヅチはどうか？
アメノオハバリは天の川の水をせき止めています
息子のタケミカヅチがよろしいでしょう
こうしてアメノワカヒコの裏切りを知った後
アマテラスはタケミカヅチを派遣することにした

私は天つ神の使者タケミカヅチ
この土地は天つ神のものだ速やかに天つ神の御子にお渡しするように
タケミカヅチ
私はいいが…息子たちが何というか
大国主神
その後、一人の子コトシロヌシが呼ばれて国を譲ると話したがもう一人の子であるタケミナカタが抵抗
コトシロヌシ
タケミナカタ
タケミカヅチに力勝負を挑むが負け信濃国へ逃げてしまった
お前の二人の子どもは納得したぞ
さあ国を譲るんだ
うむ…
こうして大国主神は姿の見えない大いなる国土の主として出雲の国に鎮座することとなった
条件がある
天つ神の御子の御殿のように立派なお社を作ってほしい
そして私を祀るのはコトシロヌシだ
承知した

いよいよ天つ神が地上の国へ

第一章（古事記上巻前半）では、国土の誕生と神々の誕生、国つ神による国作りが語られてきましたが、第二章ではいよいよ天つ神（高天原の神）が地上に降《お》りてきて統治を開始します。

アマテラスとタカミムスヒは天つ神の御子（アマテラスの子、オシホミミ）が地上の主となるべきだと考え、大国主神《おおくにぬしのかみ》に国土を献上させようと使者を派遣します。しかしオモイカネの選んだ第一の使者アメノホヒ（オシホミミの弟）は帰ってきませんでした。次に第二の使者としてアメノワカヒコに弓・矢を授けて遣わします。しかしアメノワカヒコも戻ってきません。

ついに第三の使者、タケミカヅチの出番となりました。タケミカヅチは出雲のイナサの浜に降り、剣を逆さまに突き立ててその先端に座り、国を献上するよう大国主神にせまります。大国主神は息子のコトシロヌシの意見に従うと答えます。コトシロヌシは国土の献上を認めますが、そこに「誰だ、俺たちの国にやってきてこそこそものいってる奴ぁ。力比べで勝負だ！」とタケミナカタが現れます。そういってタケミナカタがタケミカヅチの手を摑《つか》んだ瞬間、その手は冷たい刃に変形（まるで特撮です）。逆に手を取られて投げられたタケミナカタは逃げ出して降参、それぞれ国譲りを了承しました。これで大国主神も国譲りを決心し、国土は天つ神に献上されたのです。

神様クローズアップ

アメノオシホミミ

日の神アマテラスの子で、スサノオとのウケヒで生まれた。ホノニニギの父神。

アメノワカヒコ

アマテラスの使いで葦原中国へ行くが、大国主神の娘をめとって戻らなかった。復命を促しに来たキジのナキメを射殺し、神罰のため死んでしまう。

タケミカヅチ

雷の神。女神イザナミを焼き殺した火の神を夫神イザナキが斬ったときの血から誕生。古事記屈指の武神。

三回目に成功する国譲り

古事記の世界では、三回目の事件で話が動き出すという「お約束」があります。例えばイザナミによるイザナギの追跡では（→「黄泉国訪問」18頁）、第一の襲撃、第二の襲撃が空振りした後、イザナミ自身による第三の襲撃で二神の離婚が成立します。兄神たちに襲われるオオナムチの話では、一回目は焼けた石を受け止めて死んでしまい、二回目は木に挟まれて殺害され、その都度蘇生しています。三回目の襲撃でスサノオのもとへ逃げ、物語が大きく動き出します。

「三」は神聖な数であったらしく、造化《ぞうか》三神（→「天地初発」14頁）をはじめ、神々はしばしば三柱で誕生しています。太陽神アマテラスも三貴子といわれる三人組の一人です。住吉三神、ワタツミ三神もそう。出来事も三回きざみで進むことに、聖なる行為という意味をもたせたかったのでしょう。

三回目で国譲りが成立しますが、このとき大国主神は立派な神殿を造り自らを祀ることを要求します。そうすれば「隠《かく》りて侍《はべ》らむ」といっていますが、地上の王としてではなく他の神同様、姿を見せない国土の主神として在ることを選んだのでした。これが今の出雲大社の由来となります。出雲大社について『出雲国風土記』には、神々が立派な宮殿を築いたので「杵築《きづき》の社」というのだという伝承が記されています。

なるほど古事記 解

アメノホヒのその後

第一の使者アメノホヒは、大国主神に「媚びつきて」帰ってこなかったというが、このアメノホヒを祖先神とするのが出雲国造《いずものくにのみやつこ》家で、代々出雲大社の宮司を務める家柄である。

その家系は現在も続いており、二〇一四年には、皇族の典子女王が降嫁して注目を集めた。出雲国造家は皇族の最も古い親戚として大国主神を祀っているのである。

日本書紀との違い 違

それぞれで違う国譲りの司令神

古事記ではアマテラスが命令を下すが、日本書紀ではタカミムスヒが孫に地上を統治させたいと思ったとしている。そこで、「より古くはタカミムスヒが皇祖神だったのでは」という説も。

高天原から高千穂へ
天孫降臨《てんそんこうりん》

舞台　高天原《たかまのはら》、天《あめ》の八衢《やちまた》

時期　神々の時代（後期）

さあ我が子アメノオシホミミ葦原中国へ降《お》りるのです
準備をしている間に子どもができたので
その子を降らせましょう
わが孫よこの鏡を与えましょう
私の魂として大切にしなさい
合わせて私を招き出した玉と
弟からもらったクサナギの剣も与えます
地上はあなたが治めるのです
さあ降るのです

おや？
あなたは？
お迎えに
上がりました
サルタビコ
サルタビコです
道案内を
務めましょう
ホノニニギ
こうしてホノニニギは
たくさんの雲の波を押し分けて
天の浮き橋から
高千穂《たかちほ》の峰に降り立った

天孫が日向の高千穂に降臨

大国主神が献上した国を、アマテラスは我が子アメノオシホミミに統治させようとします。するとアメノオシホミミはタケミカヅチたちが国土譲渡の交渉で働いていた間にできた子、ホノニニギを降すよう進言します。

かくして地上へ行くのはホノニニギと決まり、三種の神器を授かり、アマテラスの天岩屋籠もりのときに活躍した五柱のお伴の神（↓「天岩屋戸」30頁）を連れて出立しました。すると道中、サルタビコと名乗る神に出くわします。サルタビコは地上への道案内を買って出、ホノニニギは無事、日向《ひむか》の国の高千穂《たかちほ》の峰に降り立って、宮殿を建て、天下を治めました。これが日本の象徴、天皇のルーツを語る最も大切な神話です。

降臨するはずだったアメノオシホミミが辞退してアマテラスの孫ホノニニギが天降るという経緯に、古事記の編集が進められていた時代に持統《じとう》天皇が孫に皇位を譲ろうとしていたことが反映されているという説もあります。しかし成立時の出来事を物語に重ねて読み解くことは、物語を読んでいるように見えながら、「時代」を読んでいるにすぎません。むしろここは素直に、自分のためにほかの神が働いている間に子どもなんか作って、お前なにしとんねん、とツッコミを入れるくらい面白がって読みたいところです。ただし、ここで生まれた子どもは、父方がアマテラス、母方がタカミムスヒという最も気高い血を

神様クローズアップ

サルタビコ

天空の交差点（天の八衢《やちまた》）で高天原から地上まで光照らしていた国つ神（地上の神）。日本書記ではサルタビコについて、目は八咫《やた》の鏡のように照り輝き、鼻は七咫《あた》あまり、背は七尺あまりあると書かれている。アメノウズメと結婚するが、後に貝に手をはさまれて海中に沈んでしまう。

ホノニニギ

日の神アマテラスの孫。「ホ」は稲穂の「穂」のことで、ホノニニギとは稲穂がにぎにぎしく稔《みの》る様子を意味する。日の神の恵みの神格として、稲作を中心とする日本の風土が生み出した神。

もった子。ですからこの結婚・出産話が置かれている理由は、アマテラスとタカミムスヒの双方の血を引く御子（幼子）が天から降臨するという形に組みかえる仕組みだと考える方がいいでしょう。

降臨に当たってホノニニギはアマテラスから三種の神器を授かり、大事に祀るよう命じられます。三種の神器は天皇が天皇であるための証《あかし》として最も尊ばれる宝物です。アマテラスから「ホノニニギの伴をするよう」命ぜられたアメノコヤネは中臣《なかとみ》氏の祖、フトダマは忌部《いんべ》氏の祖と、即位儀礼や宮中祭祀などでの重要な氏族の祖先神です。この神話は天皇を中心とした国のまつりごとの起源として最も大切な物語なのです。

現代の日本にも残っている伝統

ホノニニギの降臨には、二十一世紀の今にも残る伝統や信仰形式が点描されています。例えば、天皇が即位したときに行われる神事「大嘗祭《だいじょうさい》」です。大嘗祭とは、即位後最初の年の新穀《しんこく》、とくに新米を神にさし上げ、共に食べる（嘗《な》める）大切なお祭りです。新天皇は「真床追衾《まとこおうふすま》」という覆い物を使用するといわれていますが、これはホノニニギが降臨に当たって「真床追衾にくるまっていた」のを模するものです。つまり大嘗祭という天皇即位後の初めての収穫（稲穂）を神に奉り、ともに食するという大祭の中において、降臨神話が再現されているのです。

なるほど古事記 解

天孫が降臨した高千穂の峰とは

ホノニニギが降り立った「高千穂」。宮崎県高千穂町の高千穂峰や鹿児島県の霧島連山など、天孫降臨の地と伝える地は九州に何箇所かある。この名称にも「ホ」が用いられており、高く積み重なった稲穂の山に日神の子孫である「穂」の神（稲魂《いなだま》）が降臨してくるという世界観に注目したい。

明治時代に強調されたアマテラスの神勅

アマテラスはホノニニギに「地上を治めよ」と命じて「天と地と窮《きわ》まることなく（天壌無窮《てんじょうむきゅう》）に栄えよ」と、めでたいことばで祝って降す。このアマテラスのことばは「天壌無窮の神勅《しんちょく》」と呼ばれ、神道の世界では大切にされてきた。

与えられた寿命とかけられた疑惑 ホノニニギの結婚

舞台 日向国《ひむかのくに》、笠《かさ》沙《さ》の岬《みさき》

時期 神々の時代（後期）

君の名は？
アタの地に棲む
山の神霊の娘
コノハナサクヤビメ
です
ホノニニギ
コノハナサクヤビメ
君が欲しい
父に聞いて
みないこと
には……
なんとなんと！
これはめでたい
姉のイワナガヒメも
添えて差し上げ
ましょう
オオヤマツミ
ポコ
イワナガヒメ
お姉さんは
ちょっと……
コノハナサクヤビメ
だけでよいのです
何て
ことだ…
二人並べて
差し上げたのは
イワナガヒメには
石のように長く生き
サクヤビメには
花のように
栄えてほしいと
願いを込めた
からなのに

子どもができたの
うそ…
本当よ
たったの一晩で…?
でもできたの
それって僕と出会う前の国つ神との子じゃないよね?
……
産屋に火をつけなさい!!
もしこの子が国つ神の子なら炎とともに焼け死に天つ神の子ならば無事に生まれるでしょう!
こうして無事に三人の子どもが生まれた
長男ホデリ(ウミサチヒコ)
次男ホスセリ
三男ホオリ(ヤマサチヒコ)
長男は漁をして三男は猟をして過ごすことになる

ホノニニギの結婚と妻

地上に降り立った天つ神の御子ホノニニギは、浜辺で美しい乙女コノハナサクヤビメに出会います。一目惚れしたホノニニギが求愛すると姫の父オオヤマツミは喜び、姉のイワナガヒメと共に贈り物を持たせて遣わします。しかしコノハナサクヤビメの美しさに対し、姉のイワナガヒメは見劣りしたので相手にせず、コノハナサクヤビメだけと床を共にしました。オオヤマツミは二人の娘それぞれに、意味をもたせて遣わしたのだと嘆きます。かくしてホノニニギの子孫である天皇の御寿命は長くないのだと説明されるのでした。人間に寿命がある理由を語る話として、このパターンの民話は、世界的に広く見られるものです。

「花のような繁栄を象徴するコノハナサクヤビメ」「岩のような不死の命を表すイワナガヒメ」、このようにことばに現実的な力をもたせて意味づけるのは、前にも説明したように、ことばの呪力を発想の基盤としたものです。

「花」というのは、いうまでもなくサクラでしょう。サクラは諸説ありますが、穀霊を表す「サ」と、神の宿る座を意味する「クラ」から成る名前で、田植え（サツキにサオトメがサナエを植えます）を前にして、山に白く咲くサクラは農耕生産と切り離せない植物です。今日町中にあふれるソメイヨシノは江戸時代以降の桜で、古くは桜といえば山桜系の花でした。その「木の花の咲く

神様クローズアップ

コノハナサクヤビメ

桜の花が咲いたような華やかさと短い命を表す名をもつ美しい女神。またの名をカムアタツヒメ。神々しいアタの地の姫。アタのある地域は隼人の住む地域で、三人の子どもの一人が隼人の祖となっているので、神の嫁が来訪した神の子を生み土地の豪族の祖となったという物語でもあった。

オオヤマツミ

コノハナサクヤビメの父神で山の神霊。イザナキ・イザナミが生んだ神。ヤマタノオロチの話にもアシナヅチらの父神として名を見せている。日本書紀では女神と読める箇所も。

ヤヒメ」と稲魂《いなだま》（稲の中に宿る神）のホノニニギとの結婚は、お米の国、日本を象徴する神話だといえるでしょう。

ホノニニギの結婚神話が示すもの

さて、コノハナサクヤビメの懐妊が判明します。ところがホノニニギは、自分の子ではないのではないかと疑います。コノハナサクヤビメは身の証《あかし》を立てるため、密閉した産屋に火を放ってウケヒを行い、無事に三柱の子を生んだのでした。

コノハナサクヤビメの懐妊が一夜だけの交わりの結果という点は、この結婚に「聖婚」としての意味をもたせようとしたのでしょう。「一夜婚」といい「一夜孕《はら》み」とも呼ばれますが、一夜孕みは、日本だけでなく海外の神話にもよく見られます。訪問する神と神の嫁たる現地の女性（巫女）との祭儀的な結婚、その結果、神の血を引く聖なる御子が誕生する物語です。

コノハナサクヤビメは稲魂を招く神格ですが、そのまたの名としてアタツヒメの名が最初に示されています。アタは舞台となった笠沙《かささ》の岬付近の地名。まずは来訪神ホノニニギとそれを迎える土地の神の嫁アタツヒメとの物語が前提としてあり、そのアタツヒメが「またの名」によって、コノハナサクヤビメの神格が重なります。そして天つ神の御子と国つ神の娘との結婚、稲魂《いなだま》と穀霊《こくれい》（穀物に宿る精霊）の依代《※よりしろ》である桜との関係まで重層的に語られているのです。

※祭りにあたって神霊が依りつくもの

解 なるほど古事記

天つ神と国つ神の娘との婚姻

ホノニニギは「天つ神（天の神）の御子」と呼ばれ、コノハナサクヤビメは「国つ神（国の神）の娘」と名乗る。ホノニニギとコノハナサクヤビメとの結婚は、間に生まれた子が、父から地上の統治権を、母から山の領有権を相続できることを意味する。

違 日本書紀との違い

コノハナサクヤビメの命をかけたウケヒ

日本書紀ではウケヒ後ニニギが「実は最初から疑ってはいなかったが、疑う者もいるのであえて証明させたのだ」といい訳する異伝を載せていて微笑ましいのだが、記紀ともに、コノハナサクヤビメは「国つ神の子だったら不幸、天つ神の子なら幸」と宣言して産屋に火をかけるというウケヒ行為をしている。

失われた針を探して ウミサチヒコとヤマサチヒコ

舞台 日向国《ひむかのくに》

時期 神々の時代（後期）

ある日 ヤマサチヒコは思った
兄さん 道具を 取り替えて みない？
嫌だ
ホデリ（ウミサチヒコ）
ホオリ（ヤマサチヒコ）
そんなこと いわないでさあ お願い！
しょうが ないなあ なくすなよ
うん
ところがヤマサチヒコは兄の釣針をなくしてしまった
兄さん ごめん なさい
これで 許して
許さん‼
これこれ少年 何を泣いておる
かわいそうに よいことを 教えてやろう
シオツチ
この海の道を 無間勝間《まなしかつま》の船に 乗っていくと 海の神の宮に 着く
きっと 海神の娘が 相談にのって くれるだろう
二神は一目で 恋に落ちた
トヨタマビメ
なんとなんと
ワタツミ
こいつは めでたい
娘は差し上げ ましょう
二人は結婚して 三年間を 共に過ごした

どうしたの？ため息なんかついて
実は……
それなら父上に聞いてみるわ
これだね？タイの喉にひっかかっていたよ
お兄さんに返すといい
そのときは呪文を唱えて後ろ手でわたすんだよ
それからこの塩盈珠《しおみつたま》と塩乾珠《しおふるたま》も持っていきなさい
誰かヤマサチヒコを送ってあげなさい
は――い!!
そんなに小さいのにすごいね
任せて一日で送ってみせるわ
ヒトヒロワニ
ほら兄さん失っていた釣り針だよ
変な渡し方だな
あれ…作物が枯れてる…
ニヤニヤ
弟め……もう許さん
くわっ
あの妙な玉か!!
塩盈珠《しおみつたま》!!

溺れる……！
助けてくれ!!
俺が悪かった
これからは
あなたの昼夜の
守護者となって
仕えよう
これからは
私のことは
ヒコホホデミと
呼んでください
ヒコホホデミ
そんなある日
トヨタマビメが
やって来た
子どもが
できたの
もう
生まれるわ
天つ神の
御子だもの
あなたのもとで
生むわ
だけど
生むところは
見ないでね
!?

見たのね……？
これはその…何かの間違いだ
この子をお願いね
いやその…
姫!!
私はもうここにいられない
この子をどうやって育てよう
トヨタマビメは妹を送って子どもの世話をさせた別れた後も二神は和歌を贈り合っている
愛してるよー!!
私もよー!!
やがてこの妹がその子と結婚し四柱の子どもを生んだ
ここで古事記の上巻は幕を閉じる
タマヨリビメ
ウガヤフキアエズ

兄弟げんかの陰にあるもの

この章の前半は有名な「海幸山幸《うみさちやまさち》」の話です。兄ホデリ（ウミサチヒコ）の釣針を失くしてしまったホオリ（ヤマサチヒコ）は、船に乗って海神の宮殿へ捜しにいきます。海神に歓待され、その娘トヨタマビメと結婚して三年間を幸せに過ごした後、釣針を捜し出して帰郷、兄ホデリと対決して海神から授かった秘宝で兄を打ち負かす、という絵本などにもよくとりあげられる物語です。

この物語を古事記と日本書紀は、「兄ホデリは九州南部の氏族・隼人《はやと》の祖先である。このように打ち負かされたため、隼人は弟ホオリとその子孫、すなわち天皇家に仕えることになったのだ」としめくくっています。隼人はしばしば中央に対し、反乱を起こしていました。だから記紀は「神の時代の盟約によって隼人には服従の義務がある」とヤマト政権による支配の正当性を謳《うた》っているのです。同時に、「隼人と天皇家は祖先が実は兄弟、しかもそちらが兄上ではないか」と、隼人の面目を立ててプライドをくすぐり、友好関係の維持・強化を図ってもいます。一見すると素朴な民話のような「海幸山幸」ですが、政治的背景も裏読みできるのです。

異界から来た妻との結婚は破綻する

この章の後半は、禁忌を破ったために異界人の妻を失う悲恋物語です。海神

神様クローズアップ

ホオリ（ヤマサチヒコ、ヒコホホデミ）

天孫ホノニニギと山神の娘コノハナサクヤの間に誕生。海神の娘トヨタマビメをめとり、兄ホデリ（ウミサチヒコ）に勝利する。

ホデリ（ウミサチヒコ）

天孫ホノニニギと山神の娘コノハナサクヤビメの間に誕生。弟ホオリ（ヤマサチヒコ）に攻撃し敗退。九州の氏族・隼人の祖先神。

トヨタマビメ

海神の娘。釣針を捜しに来たホオリと結ばれ、ウガヤフキアエズを生む。正体を見られて夫婦別れし、恋歌を贈答する。

の娘トヨタマビメは夫ホオリ（ヤマサチヒコ）を追って、陸の世界へやってきました。トヨタマビメは懐妊していて、「姿を見ないで」といいおいて未完成の産屋に入りますが、ホオリは覗《のぞ》き見してしまいます。かくして妻は、子を置いて国へ帰ってしまいました、という話です。

この「見るなの禁」型の民話は世界に広く分布していて、古事記でも冒頭近くのイザナキ・イザナミの離婚話がこのパターンであり、お決まりの類型が繰り返されています。原文には、トヨタマビメが「八尋和邇《やひろわに》に化《な》りて匍匐《は》ひ委蛇《もこよ》ひき」とあり、「匍匐」（腹這う）と「委蛇」（ヘビのようにクネクネ）の漢字が醸しだす視覚的効果と、「もこよう」という訓読みの擬音的効果が相まって、ダイレクトに衝撃的な表現となっています。薄暗い部屋で女性が陣痛に苦しむ姿が男性にはおぞましく見えたものか、血や胎盤などが古代人の「穢《けが》れに対する忌避感」を刺激したのか、さまざまな読みが可能なところです。

こうしてホオリとトヨタマビメは離婚しました。禁忌が破られた以上永別しなければならない、というあたりに、古代人の規範意識、信仰のようなものがうかがえます。冒頭のイザナキ・イザナミの夫婦別れと比較すると、ホオリ・トヨタマビメの二神は別れた後も思慕の念に堪えず、互いを想う和歌を贈答していて、歌物語という文学ジャンルの出現を感じさせるものがあります。古事記は冒頭では「神様たちの神様らしい物語」でしたが、話が進むにつれ「神々の物語」という枠を脱して、「人の世の物語」へと近づいていくのです。

類 神話・伝承との類似性

海神の宮におでかけする物語

釣針を失った弟が海神の宮に出かけ、姫君と夫婦となって三年。初期の目的を思い出して帰るあたり「浦島太郎」の話を思い出させる。浦島の物語は天の羽衣の物語と並んで古く、浦島は日本書紀にも記録されている。この頃の浦島の物語はおとぎ話ではなく、大人の読み物として漢文で記された、異郷の女性との悲恋物語だった。

違 日本書紀との違い

隼人の服属するさまを具体的に記す

ホデリとその子孫隼人について、日本書紀は、一書でホデリは「顔に赤土を塗って身を汚し」弟に服属を誓う、溺れさせられ苦しむ所作をして舞ってみせるなど、降伏や臣従の様子が克明に描写されている。

神々の助けを受けながら大和へ
イワレビコの東征

舞台 天下《あめのした》（葦原中国《あしはらのなかつくに》）
時期 建国の時代

その後
八百五十年以上もの
時が経った
弟よ
どこに行けば
天下を治めるのに
良いと思う？
東へ行きましょう
イツセ
カムヤマトイワレビコ
イツセと
イワレビコは
日向を発ち
東へと向かった
ザザァ
ゆっくりと
よい土地を求めて
瀬戸内海を東へ——
日向
豊国
筑紫《つくし》
宇沙
岡田
（1年）
伊予《いよ》
讃岐《さぬき》
長門《ながと》
多祁理《たけり》
（7年）
安芸《あき》
高島
（8年）
吉備《きび》
播磨《はりま》
N
日下《くさか》の楯津《たてつ》では
戦闘になり
日の神の御子であるのに
日に向かって戦うのが
いけないのだ
日を背にして
戦わなくては…
兄さん！
イツセは
この負傷で亡くなった

熊野では全軍が謎の失神に陥った
そこにタカクラジという者が剣を献上するとイワレビコは目覚め剣はひとりでに熊野の神々を切り伏せた
夢のお告げの通りこの剣が現れたのでございます
これはアマテラスたちの助けであった
タカクラジ
こうしてイワレビコは熊野から吉野へと向かう
私に仕えないか?
国つ神を味方にしたり——
仕えましょう
罠にはまりそうになったり
その建物にはお前が先に入れ…
罠だろう?
天神が遣わした八咫烏《ヤタガラス》に導かれ進撃を続ける
さあたっぷり飲んで食べてください!
ワイワイ
ガヤガヤ
いいか歌を合図に皆殺しだ
戦いに疲弊した際の歌も残されている
戦い疲れてお腹もへって誰か助けにこないかな
そして助けに来る者もあった
天つ神の御子が天降ったと聞き追いかけて参りました
ニギハヤヒと申します
このお宝を御子様に!
ニギハヤヒ
ニギハヤヒが敵のナガスネビコの妹と結婚することで戦いは終結——
そしてイワレビコは天皇となり畝傍山《うねびやま》の麓《ふもと》で天下を治めたのだった
カムヤマトイワレビコ
(神武《じんむ》天皇)

神武の東征　日向を出て大和をめざす

天つ神の御子は高千穂に降臨した後、ホノニニギ、その子ホオリ、ホオリの子ウガヤフキアエズの三世代が九州の日向《ひむか》（今の宮崎県）で過ごしました。この日向三代《ひゅうがさんだい》と呼ばれる時代を終え、ウガヤフキアエズの子イワレビコ（後の初代天皇・神武《じんむ》）がとうとう東への進出を開始します。

船に乗って九州東岸を北上、それから瀬戸内海を東へ進み、大阪の楯津《たてつ》で上陸を図りました。しかし大和《やまと》を拠点とするナガスネビコに迎撃され、イワレビコの兄イツセが戦死します。イワレビコは海岸線沿いに南下し、紀伊半島をめぐって熊野に上陸、ここから陸路で大和をめざしました。途中、神の化身の熊に会って全軍が失神するという危機に陥りますが、アマテラスとタケミカヅチの神威で復活。そして従わぬ神々を討ちながら軍を進め、大和に入って畝傍山《うねびやま》の麓《ふもと》で天皇として即位したのです。

「天皇《てんのう》」という称号の由来ははっきりしません。古事記や日本書紀では最初から用いられていますが、古代日本が律令制を導入し中央集権国家を構築するにあたって導入された称号と考えられます。中国の道教で北極星の神を「天皇大帝《てんおうだいてい》」というのに由来するという説があります。北極星は地軸の延長上にある星で、天球上を動くことのない星です。宇宙の中心ともいえる星で、そこで天下の中心にいて治める不動の者の意味で「天皇」という称号を採用したのでしょ

神様クローズアップ

カムヤマトイワレビコ

神々しいヤマトの言われである男の意。天孫ホノニニギの曽孫。日向で生まれ、東方での建国を志して出立する。大和で即位して初代神武《じんむ》天皇となる。

イツセ

イワレビコと父・母を同じくする兄。二柱で共に東征へ発つ。目的地大和を目前に、先住者ナガスネビコの軍に射られて死去。

タケミカヅチ

雷神。かつて大国主神に国譲りを承諾させた武神。イワレビコの苦戦を見たアマテラスの命を受け、タカクラジに刀を授けて支援する。

う。降臨したホノニニギではなく、イワレビコから「天皇」という称号を用いるのは、日本の中心で動かざる大王としてスタートしたという意味があるのだと思われます。儀制令《ぎせいりょう》という奈良時代の規定を見ると、「天皇」以外に「天子」「皇帝」という称号を用いる場合もありました。

神話を脱却し歴史になりつつあるイワレビコ伝説

古事記は「同じパターン」を繰り返すエピソードの集合体です。この章のイワレビコ伝説も内容としては「王の誕生の物語」(「死と復活」の物語)であるはずです。

「王の誕生の物語」は、神話では死を異郷への訪問として語っていました。イワレビコの物語の場合は、最初に主導権を握っているのは兄のイツセ。しかしすぐに戦いの中で死んでしまいます。そこで弟のイワレビコは迂回《うかい》を余儀なくされますが、その途中、「オエ」(死んだかのように見える失神。仮死)を経て、神剣の助けもあり抵抗者たちを服属させて「天皇」になります。ここに異郷は登場しません。兄の死と弟への主導権の移行という疑似的な「死と復活」、また仮死として「死と復活」の物語が表現されています。

古事記は似たパターンの話を繰り返しつつも、下巻前半から下巻後半にむけて現実味が徐々に増していきます。神話から歴史へと移行しているといえるのです。

なるほど古事記 解

建国記念日の由来

初代天皇の即位は、日本書紀が記す即位の日「辛酉年《かのととり》の春正月《む》、庚辰《かのえたつ》の朔《ついたち》」を暦に照らして、日本書紀の記述から計算した結果、紀元前六六〇年二月十一日(新暦)となった。明治時代に紀元節《げんせつ》として祝日に制定され、現在も二月十一日は「建国記念の日」という祝日になっている。

また、紀元前六六〇年を紀元として数える暦が「皇紀」で昭和十五(一九四〇)年は「皇紀二千六百年」として盛大に祝い、記紀伝承の調査も行われた。

もし国内旅行をして記紀に関する遺跡の碑を見つけたら、碑の建てられた年月日を見てほしい。多くは皇紀二千六百年を記念して建てられたものである。

要所で活躍する古事記最強の武神

タケミカヅチノオノカミ

神を守護する武闘派ヒーロー

黄泉国訪問譚《よみのくにほうもんたん》（→「黄泉国訪問」18頁）で女神イザナミは火の神を生んで焼け死んでしまい、夫のイザナキは悲憤のあまり火の神を斬り殺します。このとき飛び散った血から生まれた神がタケミカヅチノオ（タケミカヅチ）。このときに生まれた神は何柱もいるのですが、その後の活躍の華々しさではタケミカヅチに勝る神はいません。

まず、「国譲り」（→「出雲大社の創祀」66頁）の場面において、地に降り立ったタケミカヅチは突き立てた剣の切っ先に座り、国を天孫に献じるよう大《おお》国主神《くにぬしのかみ》に迫ります。さらに大国主神の子タケミナカタと勝負し、諏訪湖《すわこ》まで追いつめて降伏させます。このようなタケミカヅチの猛々しさは、その名が雷《いかづち》に由来するとおり、雷を擬人化した神であるからと考えられます。さらに後の「神武東征」（→「イワレビコの東征」84頁）では、熊野で難儀しているイワレビコに神剣「フツノミタマ」を授けて救うのもタケミカヅチです。

鹿島神宮に鎮座する地震を鎮める神

タケミカヅチのまたの名はトヨフツともいいます。東征の際、神剣フツノミタマによって窮地を脱したイワレビコは、感謝をこめて宮中にお祭りし、後に石上《いそのかみ》布留《ふる》高庭《のたかにわ》（奈良県天理市）に遷座しました（今の石上神宮）。またタケミカヅチも茨城県鹿嶋市の鹿島神宮に祀られています。以後タケミカヅチは東国の守護神として、大和から遠い東北地方に対し睨《にら》みを利かす存在に。また地震を鎮める神としても尊崇されるようになり、1855年の安政の大地震後は特に、地中のナマズを押さえ込むタケミカヅチが絵画化されました。

天孫に国を譲って諏訪に退隠した神

タケミナカタノカミ

高天原への対抗心を見せた国つ神

国譲りを求める天つ神の使者が来た時（↓「出雲大社の創祀」66頁）、地上の王、大国主神《おおくにぬしのかみ》は判断を息子たち二柱に任せます。素直に承知したコトシロヌシに対し、けんか腰で使者に勝負を挑んだのがタケミナカタでした。

使者タケミカヅチに威勢よく襲いかかったタケミナカタですが、つかんだタケミカヅチの手が怜悧《れいり》な剣の刃となり、ひるんでしまいます。逆にタケミカヅチに手を取られ投げられ、出雲のイナサの浜からはるばる長野県の諏訪《すわ》まで逃げていきます。ついには追いつめられて殺されそうになり、「この地から出ないから助けてくれ」と命ごいして降伏した、と古事記は記しています。

ずいぶん情けない様子のタケミナカタですが、諏訪で日本屈指の古社「諏訪大社」の主祭神となっており、けっして小者ではありません。むしろ天つ神の使者とわたりあえるだけの武神であったともいえるでしょう。手を取り合って力比べをする両者の戦いは、国技である相撲の始まりともみることができます。

武士たちの信仰を集めた諏訪明神

諏訪の地には古くから竜神や風・水の神への信仰があり、それがタケミナカタと結びついて「お諏訪さま」信仰となっていました。諏訪の伝承では、よそから来て在来の神を降し、諏訪に鎮座した雄々しいタケミナカタ像が語られており、古事記でのイメージが唯一の解釈ではないことを感じさせます。諏訪明神は戦国時代、武田信玄はじめ武士たちに武神として篤く尊崇され、全国に分祀されて広まっていきました。現代でも遷座祭や御柱祭《おんばしら》などの神事が守られています。

地に降りたアマテラスの孫

ホノニニギノミコト

率直で人間的な天つ神

三種の神器を携えて高千穂《たかちほ》に降り立った天孫（アマテラスの孫）がホノニニギノミコト。フルネームは天《アメ》ニキシ国《クニ》ニキシ天ツ日高（ヒコとよむ説とヒダカとよむ説とがあります）ヒコホノニニギノミコトといいます。美女と出逢うやいなや求愛し、醜い妻は嫌がって送り返し、妻が身ごもった時には自分の子か疑うという、人間らしい性格の男神です。

妻の胎内の子を我が子か疑うなどひどい話に聞こえますし、現代人の関心はドラマ性にありがちなのでこのエピソードに焦点が当たりがちですが、古事記の目的は別のところにあります。

古代の人は、異常出産を経てなお無事に生まれた子に神的なパワーを感じていたようです。だから天孫ホノニニギの子となるべき赤子は、火の中で生まれる物語を必要としたのです。そのために、妻は疑われ怒って火を放つという展開になったのでしょう。そして生まれたのが三柱の子です。

なぜアマテラスの孫が降臨した?

アマテラスの孫にあたるホノニニギに国が譲られ、ホノニニギが天降《あまくだ》ることになりました。ところで、なぜアマテラスの息子ではなく孫が降臨したのでしょう。その理由についてはさまざまな説が唱えられています。「タカミムスヒとその息子のホノニニギ」を主役にした宮廷の伝承と「アマテラスとその息子のアメノオシホミミ」を主役にした伊勢神宮の伝承とがあり、この2つの伝承を統合した結果、両者が折衷されて「アマテラスの孫のホノニニギ」が天孫降臨の主役になった、という説もあります。

桜の花の化身は山の神の娘

コノハナノサクヤビメ

日本文化の基底と結びついた美神

ホノニニギが地上に降臨して、浜辺で出逢った美女、カムアタツヒメはコノハナノサクヤビメとも呼ばれます。木の花が咲くように栄える願いを託しての名だと、父親のオオヤマツミは説明しています。「花」というのは漠然としていますが、サクラのことでしょう。五月をサツキといい、田植えをする乙女をサオトメといい、そのころ降る雨をサミダレといって、どれも「サ」ではじまるのが特徴です。「サ」とは稲作と結びついたことばで、穀物の神霊を意味するのだといいます。サクラも「穀物の神霊（サ）が宿りつく座（クラ）」だという説があります。稲作の開始を知らせる花として日本人と深く結びついた花なのです。

コノハナノサクヤビメの夫となったホノニニギはオシホミミの息子で、また二人の間に生まれた子はヒコホホデミといい、こちらにはみな「ホ」ということばがついています。これは稲穂の「ホ」でしょう。二人の結婚は稲作文化に支えられた必然だったのでした。

水の徳で富士山の噴火を鎮める女神

コノハナノサクヤビメは浅間大神《あさまのおおかみ》とも呼ばれ、富士信仰の中心となる女神でもあります。富士信仰は江戸時代初期の角《かく》行《ぎょう》という修行者によって開かれ、身禄《みろく》という行者の熱心な活動で、各地に「富士講《ふじこう》」と呼ばれる崇敬団体が結成されました。富士講は「先達《せんだつ》」と呼ばれるリーダーに導かれて富士山に登山します。今でも夏に富士山に登ると白い富士講の衣装を着た人たちを見ることがあります。富士山が世界文化遺産に登録された理由の一つは「富士講」が今なお存続して活動しているからでした。

中臣氏（後の藤原氏）の祖神

アメノコヤネノミコト

祭事をつかさどるキーパーソン

アメノコヤネが重要な役割を果たす最初の場面は、スサノオの乱暴に憤ったアマテラスが天岩屋戸にこもってしまった時（↓「天岩屋戸」30頁）です。世界が真っ暗闇になり、悪い神々が活動しはじめたので、困った八百万の神が相談してアマテラスを引き出す計画を立てました。そのとき、フトダマと共に骨を火であぶって占いをして神意をさぐったのがアメノコヤネです。また、岩屋戸の前で祝詞《のりと》の奏上もしました。のちにアメノウズメやフトダマとともにホノニニギに付き添って天降った、天孫降臨に登場する神様でもあります。

アメノコヤネは中臣《なかとみ》氏の祖先神です。「中《なか》つ臣《おみ》」、神と人との「中」をとりもつ臣という意味で、人を相手にする政治に携わって藤原氏となった家もありましたが、代々神祇官《じんぎかん》や伊勢の神宮で神主をつとめるのが中臣氏（大中臣《おおなかとみ》氏）の仕事でした。卜部《うらべ》氏も同族です。宮中で神を祭る最も大切な役割を担う氏族の祖の活躍は、そのまま神祭りを司ることの起源でもあったのです。

氏族の祖先神たち

アメノコヤネは中臣氏の、フトダマは忌部《いんべ》氏の、ほかにも豪族たちの多くの祖先神が古事記には登場します。古事記では天皇家と各氏族との絆を細かく記録しているのですが、それぞれの豪族が宮廷内でどのような位置にあるかを示そうとしているのでしょう。ただ、神話に登場する神を祖とするアメノコヤネ（中臣氏）やフトダマ（忌部氏）、アメノウズメ（猿女《さるめ》氏）などは珍しい例で、多くは天皇家の系譜から分かれ出ていて、あたかも天皇家が総本家であるような書き方になっているのが古事記です。

天孫降臨の際にお伴をした神
フトダマノミコト

古代では重要な神事をつかさどる神

スサノオの乱暴に耐えかねたアマテラスは天岩屋戸に籠ってしまい、世界は真っ暗闇になります。困った八百万の神が策略をめぐらしてアマテラスを引き戻しますが、この時に活躍した神の一柱がフトダマです。

フトダマは神事の神で、アメノコヤネと共に天《あめ》の香具山《かぐやま》に住むシカの骨を焼いて神意を占いました。そして八咫鏡《やたのかがみ》と八尺瓊勾玉《やさかにのまがたま》をつけた榊《さかき》を岩屋戸の前で捧げ持ち、岩屋戸を少し開けたアマテラスに鏡を見せて戸をさらに開かせます。そしてアマテラスが外に引き出された後、すぐ岩屋戸の入口に注連縄《しめなわ》を張って塞ぐなど、一連の大役を果たしたのがフトダマです。

後にアマテラスの孫ホノニニギが地上へ降臨するとき、五柱の神がお伴としてつけられましたが、フトダマはその一柱にもなっています。また、天岩屋戸事件のときにフトダマが捧げた八咫鏡と八尺瓊勾玉は、降臨に際してホノニニギに授けられ、三種の神器の二つとなりました。

有力氏族の祖先に当たる

成立したころの大和政権は有力氏族の連合体であり、大王（天皇）は「自分の一族は天つ神の末裔である」と格上感を出すと同時に、各氏族へも配慮する必要がありました。そのため古事記には各氏族の祖先神の話が念入りに記録されています。祭祀をつかさどる有力氏族・忌部《いんべ》氏の祖先フトダマが、天岩屋戸で鏡を持ったり天孫降臨でお供として同行するなど、三種の神器に関わるエピソードで重要な役割を果たしているのは、そのような事情もあるのでしょう。

日本最古のエンターテイナー

アメノウズメノミコト

肌脱ぎで発揮される原始的パワー

女神アメノウズメは古事記でも特に個性的な神です。アマテラスが天岩屋戸に隠れてしまったとき（→「天岩屋戸」30頁）、アメノウズメは激しく舞い踊り、神々を大爆笑させてアマテラスの注意をひくことに成功しました。

注目すべきはこのときのアメノウズメの格好。衣の前を開いて乳房をかき出し、裳《も》（スカートのような腰巻）も陰部までずり下げた、と書かれています。

アメノウズメがこのようななりをするのは、この時だけではありません。後の天孫降臨の際（→「天孫降臨」70頁）、彼女はホノニニギのお伴として地上へ向かいますが、その途中、光り輝く神が道を塞いでいました。その際も胸や陰部を露《あら》わにして、その神の素性を明らかにしたと日本書紀では伝えています。

性的なものを見た時に起きる心身の動揺を、現代人は「理性で抑えるべきもの」と考えますが、古代人はもっと素直にその影響力を認めていたようです。アメノウズメは性の呪術的な力をふるう古代的な神だといえましょう。

アメノウズメとナマコの話

天孫降臨の後、アメノウズメはホノニニギの命令で道中出会った光り輝く神サルタビコを、その故郷の伊勢へ送り届けます。その後、海の魚たちを集めて天つ神への忠誠を求めました。皆が応じるなか、ナマコだけが答えなかったので、アメノウズメはナマコの口を小刀で裂いた、という伝承があります。現代人からすると暴虐に見える行動ですが、古代人としては「なぜナマコはこのような形をしているのか」と考え、「女神に裂かれたからだ」と結論づけたものでしょう。

テングの原型ともいわれる神

サルタビコノカミ

特異な容姿をもつ国つ神

天孫ホノニニギが地上を統治するために雲をかき分けて下降している時、行く手に立ち塞がっている神がいました。光り輝いて天と地の両方を照らしていたサルタビコです。サルタビコはホノニニギの先導を務め、その労をねぎらわれて女神アメノウズメに送られ、故郷の伊勢へ帰っていきました。

このサルタビコに関しては、不思議な伝説も語られています。伊勢に戻って過ごしているうちに溺死し、その時に三柱の神が生まれたというのです。このような神生みの力は、サルタビコという神の重要性やその伝説の古さを感じさせます。ホノニニギと出会ったときに「天と地の両方を照らしていた」という記述も、「天の神であり、これから地上を統治に行く」ホノニニギと比較して、「サルタビコは既に天と地の両方に影響を及ぼしている」と思わせる表現です。現在に伝えられるサルタビコは、天つ神などいわゆる高天原系の神話よりさらに古い神話の残像なのかもしれません。

夫婦神として道祖神伝承へ

ホノニニギは先導を務めたサルタビコをねぎらい、アメノウズメに「彼を故郷の伊勢へ送り、彼の名を引き継げ」と命じます。この二神は夫婦神と考えられるようになり、道祖神《どうそじん》（災厄が集落に入るのを防ぐ神。夫婦神であること、路傍に祀られることが多い）と同一視されるようにもなりました。背が高く、目を赤く輝かせて長い鼻と赤ら顔の姿（日本書紀）で知られている神様ですが、このサルタビコが天狗の原型の一つになったともいわれています。

古事記ゆかりの地へいこう

出雲の神から国を譲られた天孫が九州に降臨、子孫は東へ向かう。各地に残る史跡を見てみよう。

島根県出雲市
出雲大社《いずもたいしゃ》

高天原の神アマテラスは自身の子に下界を統治させようと思います。国を譲るよう要求された出雲の神・大国主神は、代償として「大空にそびえる立派な神殿」を要求。それで建てられた、と伝わるのが出雲大社です。史料によれば、かつての本殿は高さが四十八メートル（十六階建のビルに相当）あったそう。

▼「出雲大社の創祀」66頁へ

島根県松江市
美保神社《みほじんじゃ》

高天原の使者が国譲りを要求したとき、大国主神は子コトシロヌシの意見を聞きます。美保関の岬にいたコトシロヌシは国譲りに同意し、自分の船を転覆させて柴垣に変え、その中に隠れました。このコトシロヌシは七福神の一人恵比寿《えびす》さまともされ、美保神社を本社として全国で祀られています。

▼「出雲大社の創祀」66頁へ

宮崎県宮崎市
木花神社《きばなじんじゃ》

降臨したホノニニギは国つ神の娘コノハナサクヤビメと結ばれます。この二人を祀るのが木花神社です。コノハナサクヤビメは胎内の子がホノニニギの子であることを証すため、産屋に火を放って出産します。木花神社にもこの産屋跡と伝わる「無戸室」、産湯に使ったとされる「霊泉桜川《れいせんさくらがわ》」が残っています。

▼「ホノニニギの結婚」74頁へ

茨城県鹿島市

鹿島神宮《かしまじんぐう》

大国主神と国譲りの交渉をしたタケミカヅチを御祭神とする、神武《じんむ》天皇元年創建の由緒ある神社。境内にある要石は、地震を起こすナマズの頭を抑えていると古くから伝えられていて、徳川《とくがわ》光圀《みつくに》がどこまで深く埋まっているか確かめようと掘らせたところ、辿り着けずに、怪我人が続出したために掘ることを諦めた、といいます。

▼「出雲大社の創祀」66頁へ

長野県諏訪市・茅野市・諏訪郡

諏訪大社《すわたいしゃ》

国譲りにやってきたタケミカヅチに抵抗したタケミナカタをご祭神とする諏訪大社は、長野県の諏訪湖の周辺に本宮・前宮・春宮・秋宮の四箇所の境内地をもちます。全国各地にある諏訪神社総本社で、国内にある最も古い神社の一つとされています。諏訪大社には本殿と呼ばれる建物がなく、秋宮は一位の木を春宮は杉の木を御神木とし、上社は御山を御神体として拝します。

▼「出雲大社の創祀」66頁へ

宮崎県西都市《さいと》

都万神社《つまじんじゃ》

降臨したホノニニギは国つ神の娘コノハナサクヤビメと結ばれます。そのコノハナサクヤビメを祀るのが都万神社。境内には日本書紀の一書に「酒を醸して子を育てた」とあるのにちなみ「清酒発祥の地」の記念碑も。裏手丘の上には西都原古墳群《さいとばるこふんぐん》が広がり、二人の陵と伝える前方後円墳があり、「無戸室《うつむろ》」の跡と伝える場所もあります。

▼「ホノニニギの結婚」74頁へ

宮崎県宮崎市
皇宮神社《こうぐうじんじゃ》

ホオリ（山幸）と海神の娘との間に生まれたウガヤフキアエズは、叔母のタマヨリビメと結ばれてイワレビコ（神武《じんむ》天皇）をもうけました。このイワレビコが東征に向かう前に住んでいたとされる皇宮屋《こぐや》に鎮座するのが皇宮神社です。近くには「皇軍発祥の地」の塔もあります。

▼「イワレビコの東征」84頁へ

宮崎県日向市
美々津《みみつ》

イワレビコは兄イツセと共に東征へ発ちます。その船出の地は古事記に明記されていませんが、伝承では美々津とされています。イワレビコが出航前に腰掛けていたと伝わる「神武《じんむ》天皇御腰掛《こしかけ》磐《いわ》」にちなむ「立磐《たていわ》神社」があります。付近には、第二次大戦中の昭和十七（一九四二）年に立てられた「日本海軍発祥之地」の碑も。

▼「イワレビコの東征」84頁へ

宮崎県宮崎市
平和台公園《へいわだいこうえん》

第二次大戦中の昭和十五（一九四〇）年、神武《じんむ》天皇の即位を元年とする紀年法によって「紀元二千六百年記念行事」が全国で祝われました。その記念事業の一つとして整備されたのが現「平和台公園」で、高さ三十七メートルの塔「八紘之基柱《あめつちのもとはしら》」が建造されました。この塔は戦後「平和の塔」と名を改めて現存しています。

▼「イワレビコの東征」84頁へ

広島県安芸《あき》郡府中町
多家神社《たけじんじゃ》（埃宮《えのみや》）

イワレビコは兄イッセと共に東征へ発ちます。その途中で滞在した埃宮と伝えるのが多家神社。古事記には多祁理宮《たけりのみや》とあります。神武天皇と安芸国（広島県）の開祖アキツヒコノミコトを祀っていて、「神武天皇東征御留蹕霊地」の石碑があります。

▼「イワレビコの東征」84頁へ

奈良県橿原《かしはら》市
橿原神宮《かしはらじんぐう》

九州から東征を開始したイワレビコは、途中兄のイッセが戦死するという苦難を乗り越え、大《やま》和《と》を平定します。このイワレビコが宮を築いて即位した場所とされる地に建つのが橿原神宮。明治時代、各地で記紀ゆかりの地を顕彰する動きが起きました。明治二十三（一八九〇）年に建てられた橿原神宮もその一つです。

▼「イワレビコの東征」84頁へ

奈良県天理市
石上神宮《いそのかみじんぐう》

石上神宮の主祭神、布都御魂《ふつのみたま》大神《おおかみ》はタケミカヅチが佩《おび》いていた神剣フツノミタマに宿られる御霊威。神武《じんむ》天皇御即位後、その御功績を称え、物部氏の遠祖である宇摩志麻治命《うましまじのみこと》に命じて宮中に祀ったのがはじめで、第十代崇神《すじん》天皇のときに現地へ遷して祀っていました。ニギハヤヒが持参した「十種神宝」も祀られています。

▼「イワレビコの東征」84頁へ

第二章 ヒーロー登場

神々と天皇とがかかわる時代

古事記中巻は天つ神の御子の子孫が
神々の生んだ国を育てる話。
古代のヒーロー、ヤマトタケルが活躍する。
オキナガタラシヒメは海外にまで遠征する。

野原を行く神女との出会い
イワレビコの結婚

舞台　大和国《やまとのくに》、高佐士野《たかさじの》
時期　建国の時代

即位したイワレビコには
日向《ひむか》時代の妻子があったが――
アヒラヒメ
タギシミミ
キスミミ
天皇にふさわしい女性が大后として必要です
オオクメ
ふさわしい女性とは？
イワレビコ（神武天皇《じんむ》）
神の御子と呼ばれる女性の話を聞きました
神の御子？
大変美しい娘を三輪山の神が見初め丹塗りの矢に姿を変えて川を流れその娘のもとに通ったのだとか
そのようにして生まれた子なのだそうです
やあお嬢さん
まっ
ギュ
ポワ

あそこにいます
キャハハハ
大和の高佐士野《たかさじの》を行く七人の娘さあ誰を妻にします？
先頭のあの子がいいな
ウフフフ
イスケヨリヒメ
お見事あれが神の娘でございます
もしもしお嬢さん
あら
どうしてそんなに裂けた目をしているの？
女の子に会うのだもの
よく見えるように裂けているんだよ
陛下の奥様になってください
くす…いいわよ
ザッ
こうして太后の位についたイスケヨリヒメには三人の子が生まれた
カムヌナカワミミ
ヒコヤイミミ
カムヤイミミ

大后にふさわしいのは神の御子

かつてイワレビコが日向《ひむか》にいたとき、阿多《あた》の豪族の娘アヒラヒメを妻にし、タギシミミとキスミミの二人の男子をもうけました。しかし、イワレビコがヤマトで天下を治めるようになったとき、「天皇」に相応しい優れた女性を大后（皇后）として新たに求めることにしました。

あるとき臣下のオオクメが「この大和の国に神の御子と伝えられる娘がおります」と申し出ます。そしてその娘にはこんな由来があるのだと続けます。

「三嶋のミゾクイという豪族にセヤダタラヒメという娘がおりましたが、たいそう見目《みめ》良き（美しい）娘だったので、三輪山の大物主神《おおものぬしのかみ》がこれを見初めました。大物主神は娘に近づこうと娘が手洗いに入った頃を見計らい丹《に》塗りの矢に姿を変え、手洗いの下の小川の流れにまぎれこみます。そして娘が用を足そうと前をまくったときに、矢でもって娘の秘所を突いたのです。驚きうろたえた娘はその矢を持ち帰ります。すると矢は眉目秀麗《びもくしゅうれい》な美青年と変わり、娘と契りを結んだのです。こうして生まれたのがホトタタライススキヒメでした。後に娘はホトの字を嫌い、ヒメタタライスケヨリヒメと名を改めます。この娘がすなわち神の御子なのです」。

オオクメはイワレビコにその不思議な話を伝えました。オオクメが語るこの物語は、「丹塗《にぬ》り矢《や》伝説」の名で知られています。

人物クローズアップ

オオクメ

天孫降臨に従ったアマツクメの子孫でイワレビコの東への旅にも従った腹心の部下の一人。目の周りに黒く入れ墨を彫っていた。それをイスケヨリヒメが歌にしたのである。

セヤダタラヒメ

摂津《せっつ》国三嶋郡（大阪府茨城木市・高槻市付近）の豪族の娘。

イスケヨリヒメ

大物主神の娘。母親がホトを突かれてイススキ（「身震いする」の古語）したのにちなんだ名をもっていたが、ホト（陰部）の語を嫌って改名した。

野を行く神女との出会い

イワレビコはオオクメに連れられて、大和の高佐士野《たかさじの》の丘で七人の乙女たちの中からイスケヨリヒメを見出しました。オオクメの歌を介した仲立ちで、イスケヨリヒメはイワレビコに嫁ぐことを承諾します。彼女の家は狭井河《さいがわ》のほとりにあり、二人は一夜を共にし、二人の間には三人の御子が誕生したのです。

この物語は、初代天皇の後継者の誕生を物語るのがメインです。天つ神の御子の血を引く天皇の後継者は特別な血を引く者を母としなくてはバランスが取れません。そこで大物主神の娘が登場します。その誕生の由来を語るのが「丹塗り矢伝説」。それを受けて高佐士野での出会いが設定されます。高佐士野の場所は不明ですが、イスケヨリヒメの家が狭井河（大神《おおみわ》神社の脇を流れています）のほとりにあったということは三輪山の麓《ふもと》近くでしょう。この物語をイスケヨリヒメの側からみれば、三輪山の麓に住む娘が、天つ神の御子を迎えるという形になります。上巻で繰り返されたパターンが二重三重に重ねて用いられています。古事記は皇位継承の次第の物語。親子の関係や相続の様子を、最大の主題としています。国土の由来とその領有の権利、天下を治める由来とその権利が、系譜によって正統な相続人として保証されるのです。系譜は過去の事実を記すものではありません。現在の権利を過去によって主張するものなのです。以下、古事記は天皇の権利の由来と相続を物語で綴《つづ》ってゆきます。

類 神話・伝承との類似性

「竹取物語」に影響

万葉集の竹取翁の歌は、竹取翁が野に遊ぶ九人の美しい娘と出会い、娘たちに歌を語る設定となっている。この娘たちを翁は「神仙」と呼んでいるが、小高い野、あるいは山に入って神の娘と出会うというシチュエーションは、古くからの物語の「お約束」だったのだろう。『竹取物語』の冒頭はこれを受け継いでいる。

違 日本書紀との違い

古事記は大物主神《おおものぬしのかみ》、日本書紀は事代主神《ことしろぬしのかみ》

日本書紀では、セヤダタラヒメはコトシロヌシの妻となり子を生んだことになっている。

日本書紀は天つ神の御子の守護神の娘をめとることで、国つ神との関係をより堅固にしているのだろう。

実力で皇位を継承する末弟 カムヌナカワミミの即位

舞台 大和国《やまとのくに》

時期 建国の時代

神武《じんむ》天皇が崩御するとタギシミミがイスケヨリヒメと結婚した
イスケヨリヒメ
タギシミミ
天皇になるにはイスケヨリヒメの子どもたちが邪魔だな…
……
あれ 母君が歌を歌っている
不思議だな 母は歌など滅多に…
カムヤイミミ
カムヌナカワミミ
…この歌は
兄さん
バッ
ああ… 殺されるくらいなら…!
ご機嫌のようだな お前が歌うなんて
たまにはそんなときもあるわ
あの子たちに届いたかしら…
兄さん 今だよ…
タギシミミを殺すんだ
お おお…
チャキ

兄さん！
ガタ ガタ ガタ
カタ カタ カタ カタ
僕がやるっ！
ガッ
ダダダッ
死ね！
ドッ
スッ
ぐあァッ
すまん
俺には奴を殺すことができなかった…
兄ではあるがこれからは臣下として君に仕えよう
天下を治めるのは君だ
こうしてカムヌナカワミミが第二代天皇となった
ハァ ハァ

母の歌で危険を察知した息子たち

イワレビコ（神武《じんむ》天皇）は百三十七歳でこの世を去ります。イワレビコとアヒラヒメとの間に生まれたタギシミミは、大后であるイスケヨリヒメを妻にしてしまいます（当時、后は王の財産とされていて、先代の王の妻を手に入れるということは自分が王となる権利を手に入れることを意味したからともいわれますが、本当のところはわかりません）。そうすると、イワレビコとイスケヨリヒメとの間に生まれた三人の御子が邪魔になります。そこでタギシミミは、妻の前の夫の子たちを殺そうと考えます。イスケヨリヒメはその陰謀を察し、心を痛め、タギシミミの陰謀を歌に託して知らせます。

狭井河《さいがわ》よ　雲立ち渡り　畝傍山《うねびやま》　木の葉さやぎぬ　風吹かむとす

（狭井河から雲が立ちのぼってきて畝傍山の木の葉がざわめいているわ　風が吹こうとしているのね）

畝傍山　昼は雲と居　夕されば　風吹かむとぞ　木の葉さやげる

（畝傍山は昼は雲と居るけれど　夕暮れになれば風が吹くのね　木の葉がざわめいているわ）

「風」が波乱を予言しています。この二首を聞いて驚いた御子たちはタギシミミが自分たちを殺そうとしているのだと知り、そして殺される前にタギシミミを殺すことにしました。

人物クローズアップ

タギシミミ

イワレビコとアヒラヒメとの間にできた子で、イワレビコ崩御の後はイスケヨリヒメと結婚する。妻イスケヨリヒメと前の夫の間の子を殺そうと考えるが、逆に殺されてしまう。

カムヌナカワミミ

イワレビコの第三皇子。タギシミミを討ったことを称え、タケヌナカワミミとも呼ばれる。

カムヤイミミ

イワレビコの第二皇子でカムヌナカワミミの兄。タギシミミを代わりに討った弟に仕える。

決行された暗殺、仕留めたのは弟

弟のカムヌナカワミミは兄にタギシミミを殺すようい います。しかしカムヤイミミは剣を手に押し入りますが、いざ殺すことになると身体が震え凍りついてしまいました。そこでカムヌナカワミミが兄の剣を奪いタギシミミを殺します。カムヤイミミはカムヌナカワミミに「お前がタギシミミを殺したんだから、お前が天下を治めなさい。兄ではあるが、これからはお前の臣下として仕える」といいます。

この段もまた「王の誕生の物語」。カムヌナカワミミはタケヌナカワミミの名を得ます。上巻ではオオナムチの根の国訪問やホオリの海宮訪問にあるように、主人公（王となるべき者）の異郷訪問と、その地での試練克服（必ず女性の援助を得ます）という形で物語られています。しかし中巻となると、もはや異郷は存在しません。ここでは主人公は母の援助を得て、殺害という試練を武力で乗り切っていくこの世で起こった話となっています。

こうしてカムヌナカワミミが皇位を継ぎました（第二代綏靖《すいぜい》天皇）。

なお、第二代綏靖天皇から第九代開化天皇までは「欠史八代《けっしはちだい》」と呼ばれ、系譜しか記されていません。このうち、第四代懿徳《いとく》天皇まではシキの県主《あがたぬし》の娘を后とし（日本書紀ではいずれもコトシロヌシの娘）、ほかに入内《じゅだい》した女性はいません。

なるほど古事記 解

欠史八代《けっしはちだい》とは

第二代綏靖《すいぜい》天皇から第三代安《あん》寧《ねい》天皇、第四代懿徳《いとく》天皇、第五代孝昭《こうしょう》天皇、第六代孝安《こうあん》天皇、第七代孝霊《こうれい》天皇、第八代孝元《こうげん》天皇、第九代開化《かいか》天皇までの「欠史八代」は古事記・日本書紀ともに、ごく簡単に記述するにとどまっている。これらの天皇は架空だと説く人もいるが、実際の歴史を当てはめても無意味である。ここは神話時代と歴史時代をつなぐ、長い時代の、いわば時間のトンネルのようなもの。第十代天皇からいよいよ国家としての基盤が築かれていく。なおこの八代の系譜を細かく分析すると、御名の構造や宮の位置、后の出自（実家）などから、いくつかの古い大王系譜が加工されて仕組まれているともみられる。

忍び寄る彼は神様
三輪山説話

舞台 大和国《やまとのくに》・河内国《かわちのくに》

時期 神と人との交流時代

第十代天皇の御代のこと―国中に疫病が流行った
なんということだ…
このままでは国が滅んでしまう
ミマキイリヒコイニエ
(崇神《すじん》天皇)
これは私の祟《たた》りである
オオタタネコに私を祀らせよ そうすれば治まるであろう
何者だ…オオタタネコとは…
大君《おおきみ》 オオタタネコを発見しました
ザッ
君は何者だ?
私は大物主神がイクタマヨリビメに生ませた子の子孫です
オオタタネコ
オオタタネコの話によると――
お父様、お母様
子どもができてしまったの
イクタマヨリビメ
!ハア?

できたってお前…
相手もいないのに そんなこと…?
毎晩 部屋に素敵な人が 現れるの…
そうして いるうちに…
うふふ。
何者だろう…
今夜その人が来たら 着物の裾に糸を通した 針を刺しなさい
帰るの?
またね
いう通りにした翌朝
糸は戸の鍵穴を抜けて 外に伸びていた…
さらに糸を追って行くと 三輪山に辿り着いたのだった——
三輪山の神で あったか!
——こうして生まれた子の 子孫がオオタタネコだという
そうか神の子か では祖先の神を 祀ってくれ
御意
そして 三輪山の神をはじめとして 国中の神様をお祀りした
これにより 再び 豊かな国土が 戻ってきたという

夢に現れた神とその末裔

時が移り、ミマキイリヒコイニエ（崇神《すじん》天皇）の御代のときのことです。疫病が流行り大勢の人が死にました。ミマキイリヒコイニエは、大物主神の夢のお告げで、河内の美努《みの》（大阪府八尾市付近）で見つけたオオタタネコを神主として三輪山の大物主神を祀らせ、同時にイカガシコオに天つ神・国つ神の社《やしろ》すべてを祀らせました。こうして祟《たた》りがおさまり疫病は止み、平和が訪れました。

大物主神は、大国主神とともに国作りに励んだ神でした（↓「国作り神話」50頁）。イワレビコの結婚の段でも初代天皇の后となる女の子の父となります。この段では「御諸山《みもろやま》」に「三輪山《みわやま》」という名の付いた由来が語られます。大物主神も三輪山も、国の成り立ちにとって非常に重要な存在であったことがわかります。そしてここでは祖先神を子孫が丁寧に祀ることが描かれています。ある意味ミマキイリヒコイニエも子孫なのですが（↓「イワレビコの結婚」102頁）、天皇としてアマテラスをはじめ、多くの神を祀ることで国内の安寧をもたらしたのです。数百年後に、天智《てんち》天皇（中大兄皇子《なかのおおえのみこ》↓「乙巳《いっし》の変」196頁）が即位する前年に都を飛鳥《あすか》から近江《おうみ》に遷しますが、そのときに歌人の額田王《ぬかたのおおきみ》は「いつまでも見ていたい山」として三輪山を歌に詠《よ》みます。大和王権にとって、大物主神の坐《いま》す三輪山が大切な山であったことがうかがえます。三輪山の西北の麓《ふもと》では弥生時代から古墳時代にかけての（三世紀から四世紀）都市計画の痕

人物クローズアップ

ミマキイリヒコイニエ（崇神《すじん》天皇）

第十代天皇で名はミマキイリヒコイニエ。古事記には戊寅《つちのえとら》年（西暦二五八年?）の十二月に百六十八歳で崩御されたと記されている。

オオタタネコ

名前はオオ（大）・タタ・ネコ（根子）と分析できるが、タタの意味するところは不明。神君《みわのきみ》（大神朝臣《おおみわのあそん》）・鴨君《かものきみ》（賀茂朝臣《かものあそん》）の祖。

イクタマヨリビメ

大物主神の妻に選ばれた娘。元気な魂の依りつく姫という意味の、神の嫁にふさわしい名前。

跡を見せる遺跡も発掘されています（纏向《まきむく》遺跡）。

三輪山にまつわる不思議な話

美しいイクタマヨリビメのもとに夜ごと、男が通ってきます。男は、身体中が気高い霊気に包まれた美貌の青年で、お互い一目惚《ぼ》れして逢瀬《おうせ》を重ね、いつしかタマヨリビメは身ごもります。両親は父親がどんな男か確かめるために、麻糸を通した針を男の衣の裾に刺しなさいと教えます。夜が明け、鍵穴を抜けて伸びる麻糸の行方をたどっていくと、御諸山（三輪山）の神の社まで行き着いたのでした。そこで夜ごと娘の枕元に忍んできていた男は、三輪山の大物主神だったことが判明。この話は糸巻が三勾《わ》（糸を巻いた輪が三つ）残っていたから三輪山という地名起源説話にもなっています。

大物主神は日本書紀を見ると、蛇体に化身していたようです。ヘビというのはヤマタノオロチのように人に危害を加える生物として描かれることもありますが、白ヘビにまつわる民話も数多いことからわかるように、神聖な生物、豊《ほう》饒《じょう》の神、また豊饒をもたらしてくれる水の神、福の神、あるいは神の使いなどとして信仰され大切にされてきました。古事記では直接触れていませんが、鍵穴を抜けていたと語ることでそれをにおわせています。訪問する神と神の嫁という構図がここにも見られますが、神と人間が交わる神人婚姻譚《じんにんこんいんたん》の典型です。

神話・伝承との類似性

神や動物と人間の結婚

三輪山説話は、神（この場合はヘビ）と人間の娘の結婚を描いているが、人間以外の動物や神、精霊といった異界の存在と結婚・性的行為をする伝承は日本国内だけでなく、世界各地で見られる。こういった伝承を民俗学では「異類婚姻譚《いるいこんいんたん》」と呼んでいる。「鶴の恩返し」や「浦島太郎」などの昔話がそれである。「鶴の恩返し」では漁師が助けた鶴が女に化けるし、平安時代の陰陽《おんみょう》師《じ》、安倍晴明《あべのせいめい》の母親は狐であったという伝説、海外であればグリム童話の「カエルの皇子様」なども挙げられよう。

面白いのは、日本の婚姻譚は最後は相手の正体を知って悲劇に終わるといったパターンが多いことだ。

平定され、豊かになる諸国

オオビコの遠征

舞台　山城国《やましろのくに》

時期　神と人と交流時代

ミマキイリヒコイニエ（崇神天皇）
オオビコ伯父さん 将軍として 北東の従わぬ者達を 平らげて下さい
はっ
オオビコが国境に差し掛かると…
ミマキイリヒコハヤ～ ミマキイリヒコハヤ～ オノガ命ヲヌスミ殺セムト 後ツ戸ヨ イ行キ違ヒ 前ツ戸ヨ イ行キ違ヒ 窺ハク知ラニト ミマキイリヒコハヤ～
オオビコ
ザッザッザッザッ
少女よ それは何の歌だ？
知らなーい ただ歌ってるだけ
シュウウウ…
そのまま少女は姿を消してしまった
不思議なことがあるものだ
オオッ
ヒュウッ
オオビコはこの出来事を大君（天皇）に報告
それはタケハニヤスのことだな
伯父さん ヒコクニブクと軍を率いて討伐してください
オオビコとヒコクニブクは国境で神に祈って出陣した

山城のワカラ河を挟んで両軍は挑《いど》みあった
以降その地は「イドミ」と呼ばれるようになる
ワァ
ワァ
ウオオォーッ
タケハニヤス お前から射てみろ!
ヒコクニブク
タケハニヤス
ブンッ
ビシュッ
次は俺だ
ぐんっ
ドドスッ
うぐっ!!
タケハニヤスを失った敵軍は逃げ惑った
ワァァッ
オオオオ
追え!!
敵軍を殲滅《せんめつ》した後 オオビコは平定の旅に出た
オオビコ軍
ヒコイマス軍
タケヌナカワワケ軍
オオビコ軍とその子タケヌナカワワケ軍は東北の地で出会う
こうしてこの地を会津《あいづ》(会ひつ)と呼ぶようになった
国も豊かになり平和になった
これから男も女も税を納めるように
このように天下太平をもたらした大君を人々は初めて国を統治したとして『初国《はつくに》知らすミマキの天皇』と呼んだという

オオビコの遠征―不思議な少女の歌

ミマキイリヒコイニエ（崇神《すじん》天皇）は四方の「まつろわぬ民（従わない勢力）」の平定のため、各地に軍隊を派遣します。まず伯父のオオビコを越《こし》の道（北陸道）に、オオビコの子タケヌナカワワケを東方十二道（東山道《ひがしさんどう》・東海道）に、さらに従弟のヒコイマス王を丹波国《たにわのくに》（京都府北部）に向かわせます。日本書紀ではさらにキビツヒコを吉備国《きびのくに》（岡山県）に遣わします。その四人を合わせて「四道《しどう》将軍」と呼びます。こうして国内を平定していきました。

このとき、オオビコは山代《やましろ》のヘラ坂（京都府木津川市付近）で一人の少女が不思議な歌を歌っているのを耳にします。ミマキイリヒコは、歌詞からタケハニヤスの謀反を読み取り、ヒコクニブクをオオビコの副将軍としてただちに軍勢を派遣しました。謎めいた歌を歌い、オオビコの問いかけにもはっきり答えずに姿を消してしまう不思議な少女は、どうやら天皇を守護する神の誰かが少女の姿で顕れたものと思われます。歌詞を読み解くミマキイリヒコイニエの能力も、神をお祀りして国内を治めた天皇の振る舞いらしく描かれています。

日本書紀では、ときどき（とくに後半）詠み手のはっきりしない、風刺めいた、あるいは予告めいた謎の歌が見られます。「童謡」と書いて「わざうた」と読み、「わざ」は神の不思議な力を意味しますが、「童謡」が流行するときは、世の中に不穏な気配が満ちているときです。

人物クローズアップ

オオビコ

第八代孝元《こうげん》天皇の御子。埼玉県行田《ぎょうだ》市の稲荷山《いなりやま》古墳から出土した鉄剣の銘文に「オホビコ」という先祖名が見え、始祖的英雄として伝えられていたらしい。

ヒコイマス

第九代開化《かいか》天皇の御子。古事記の中では特異な系譜をもつ御子で、垂仁《すいにん》天皇后や仲哀《ちゅうあい》天皇后の先祖。

タケハニヤス

第八代孝元天皇の御子。ただし天皇は「庶兄」（異母兄）といっているので、系譜と食い違っている。

地名の由来の物語

オオビコとタケハニヤスの軍勢が「挑み」あったところは「イドミ」と呼ばれ、後に「イヅミ」という地名に（京都府木津川市付近と思われます）。大将を失ったタケハニヤスの軍勢が「クソ」を漏らして「褌《はかま》」につけながら逃げたので「クソ」＋「褌」で「クスバ」となったのは大阪府枚方《ひらかた》市樟葉《くずは》付近。掃討戦により死体が鳥の鵜《う》のように川に浮かんだことから「ウカワ」と呼ばれた川は、宇治川のことでしょう。三輪山説話もそうでしたが、神々や英雄の行為がことばを介在させて（しかも語呂合わせ）、地名の由来として今の人たちの前に語られます。これは風土記にも多く見られますが、こういう話を「地名起源説話」と呼び、古事記はこれを随所に見せています。

「名は体を表す」といいますが、地名はその土地そのもの、土地の魂（地霊）の象徴といっていいでしょう。そもそもことばというのは、形のない概念を明確に認識する記号です。例えば、気になる異性に抱くもやもやした気分に「恋」ということばを与えると、その気持ちが「恋」なんだと気づく。どこに所属するかわからない地域に地名を与えることで、そこが土地として認識される。地名の起源が神々や皇族に結びつくとき、その土地がその神々を信仰する人々、皇族の領地であることがはっきりします。古事記の地名起源説話にはそういう機能が与えられているわけです。

神話・伝承との類似性（類）

桃太郎のモデルはキビツヒコ？

山陽道《さんようどう》に派遣されたキビツヒコは、「桃太郎」のモデルになったともいわれている。キビツヒコによって退治されたウラという鬼の首が岡山県の吉備津《きびつ》神社の境内に埋められたといい、現在ではその上に建てられた御釜殿《おかまでん》で占いの神事が行われている。

なるほど古事記（解）

称号が繋ぐリアルとバーチャル

ミマキイリヒコイニエは「初国知らすミマキの「天皇」の称号を得た。日本書紀でも「御肇国天皇《はつくにしらすめらみこと》」とあり、また初代神武天皇も「始馭天下之天皇《はつくにしらすすめらみこと》」と呼んでいる。日本書紀では二人の「最初の国の統治者」がいることになるが、ファンタジックな神話時代とリアリティの強い歴史時代を繋ぐ称号だといえる。

夫と兄の間で揺れる女の悲恋
サホビコの反乱

舞台　大和国《やまとのくに》、磯城《しき》

時期　神と人との交流時代

代がかわって
イクメイリビコの治世
師木《しき》の玉垣の宮
サホビメ
イクメイリビコ（垂仁《すいにん》天皇）
…
…不思議な夢を見たよ
佐保の方から夕立が降ってきてね
錦色の小さな蛇が首に巻きつくんだ
ん…
ぱた…
ごめんなさい！
それは…
どう
した!?
実は…

妹よ、夫と兄と どちらを 愛している?
サホビコ
えっ そ それは…
…お兄様 です…
よし ならば 俺とお前で 天下を治めよう じゃないか
この刀で 寝ている 大君の首を 刺すんだ
!
でも愛しさが こみ上げてきて 刺せなくて…
涙が大君の顔に 落ちたのです…
なんと… 危なかった
天皇は サホビコを 討伐する
もはや私は 大君の側には 居られません
私の代わりに 丹波の ヒバスヒメを 大后として下さい
サホビメ!!
サホビメは 兄とともに たてこもった城で 焼け死んだ
しかし 燃える炎の中で サホビメは 御子を生み残した
その子は 大きくなるまで 言葉を話さなかったが
出雲の大神を 拝ませると話せる ようになったという
天皇はサホビメの 遺言通りヒバスヒメを 大后として迎え
ヒバスヒメとの子が 次の天皇となった

愛か絆か　夫には子、兄には命を贈ったサホビメ

「サホビコの反乱」の段は、文体に漢籍《かんせき》（漢文で書かれた書籍）の表現法も取り込まれ、文学的完成度が高い物語と評されます。

時代は崇神《すじん》天皇の跡を継いだイクメイリビコイサチ（垂仁《すいにん》天皇）のとき、皇后サホビメの兄サホビコが謀反を企《くわだ》てます。愛しい兄に夫の殺害を命じられたサホビメが、夫への愛と兄への愛との間で揺れ動く場面。兄から天皇を殺すよう与えられた小刀を、自分の膝を枕に寝ている夫めがけて振り上げること三度……しかし振り下ろすことはできない。遂《つい》に涙が伝わって夫の顔に落ちるという、まるで歌舞伎のような演出です。全て白状してしまった皇后は天皇のもとを抜け出し、兄のもとに身を寄せます。天皇は愛する妻のいる敵城を攻めあぐね、力士（力の強い者）を集めて生まれたばかりの御子の受け渡しに乗じて奪還をもくろみます。しかしそれをみこしたサホビメは、髪を剃《そ》ってカツラとし、すぐにちぎれる腕輪とすぐに破れる服を着て、摑み取られないようにして御子を夫に渡します。そして最後、兄と共に城を焼く炎の中に身を投じるのです。

サホビコ・サホビメ兄妹の絆の強さ、天皇のサホビメへの愛と包容力、サホビメの揺れる心理と我が子だけは生かしたいと思う気持ちが人物の行動によって描かれ、話の悲劇性を高めています。

現代人にとっては兄妹の絆の強さがわかりにくいところかもしれませんが、

人物クローズアップ

イクメイリビコイサチ（垂仁《すいにん》天皇）

十一代天皇。サホビコの反乱のあと、サホビメの遺言通り、丹波のヒバスヒメを次の皇后としてむかえる。

サホビメ

垂仁天皇の皇后サハヂヒメのまたの名。父は開化天皇の御子ヒコイマス王。兄サホビコの命で垂仁天皇の暗殺を試みるが失敗に終わる。

ホムチワケ

垂仁天皇とサホビメの子。「ホ」は物語上「火」（炎《ほのお》のホ）だが、「穂」である可能性も。ムチは貴人の意。ワケは始祖によく見られる称号のような名前。

サホビコ・サホビメ兄妹はその名前からしてサホの地（奈良県奈良市北東部）の土地神（地名＋ヒコ・ヒメという神は日本にたくさんいます）。領主として男女一対でとらえるべき人物なのです。

サホビメが遺した物言わぬ御子

サホビメの遺児ホムチワケは炎の中で生まれ、長い間（「長い髭《ひげ》が胸の先まで伸びるまで」とあります）話せませんでした。ある夜イクメイリビコイサチ（垂仁天皇）の夢に出雲《いずも》の大神が現れ「私の神殿を天皇の宮殿に等しく立派にすれば御子は口を利くであろう」と託宣します。ホムチワケは出雲へつれて行かれ大神を拝み、話せるようになりました。帰途ヒナガヒメという女性と一夜婚をしますが、覗《のぞ》き見たらヒメはヘビだったので逃げてきたというのが「物言わぬ御子」の物語です。

イクメイリビコイサチとサホの地名を冠する女性。その間に生まれた御子は「火の中で生まれる」、「長い間の不具」、「神の祟《たた》りと出雲神殿の造営」、「一夜婚」、「妻の正体を覗いて逃げる」など、古事記の神々の時代の物語に見られた要素が詰まっています。ホムチワケは、あるいはサホの地に来訪した天つ神の御子と土地の神の娘との間に生まれた始祖王の誕生物語として、語られていた時代があったのかもしれません。古い神話的伝承を人間ドラマとして、まるで短編小説のように上手に作り直されたのがこの古事記の物語なのです。

解 なるほど古事記

逸話の多い垂仁天皇

垂仁天皇の時代には、他に常世国《とこよのくに》へ使者を送って橘（ときじくのかくの木の実）を持ってこさせた話、さらに日本書紀には殉死を禁じて埴輪《はにわ》に代えた話、相撲の起源とされる力比べをさせた話、伊勢の神宮創祀の由来譚などエピソードが多い。

違 日本書紀との違い

中国文学色強い「サホビコの反乱」

古事記のサホビメは「気持ちが抑え難」くて動くが、日本書紀ではサホビコが妹に対し「天皇の愛はお前の美が衰えたら失せる。兄が天皇になった方が安泰だぞ」と説得するなど、人々の言動が理屈っぽい。古事記の仄《ほの》めかす兄妹愛が日本書紀にはなく、サホビメは兄を敬い天皇に忠貞な道徳的婦人だ。

英雄誕生
ヤマトタケルの西征

舞台　熊曽国《くまそのくに》
時期　英雄の時代

代がかわってオオタラシヒコ（景行天皇《けいこう》）の御世《みよ》
纏向《まきむく》の日代宮《ひしろのみや》
お前の兄はなぜ食事の席に出ないのだ
弟なんだからねんごろに教え諭《さと》してやりなさい
はい
オオタラシヒコ（景行天皇）
ヲウス
五日後
まだ兄は来ないのか
ヲウスちゃんと教え諭したのか？
はい
朝便所に入ったところを捕まえて手足をもぎ取ってむしろに包んで捨てておきました
どかっ
ちゃんと父上とごはん食べなきゃダメだぞ
西の熊曽《くまそ》がいうことを聞かないのだ
ヲウス行ってきてくれないか
はい
怖いから遠くへやろう
ヲウスよ私の着物をお守りにさずけましょう
気をつけるんですよ
はい
ヤマトヒメ

熊《くま》曽《そ》国《のくに》
賑《にぎ》やかだな…
クマソタケル様兄弟の宮殿新築のお祝いだ
わいわい
わいわい
叔母さんの着物を使おう
おそこの美少女こっちに来い
何？それ
これ？
ぐは…！
こうするの
逃すものか！
尻ッ!!
ブッ
ザクッ
強い…名は？
ヤマトのオグナ少年だ
そうかお前は強い
これからはヤマトタケルと名乗りなさい
これ以降、ヲウスはヤマトタケルと名乗るようになる
ヤマトタケル

ヤマトの勇者の誕生

古代を、いや日本を代表するヒーローの登場です。

ヤマトタケルの物語は、神話性と文芸性が奇妙に混在しているのが特徴で、兄を殺すところから彼の物語ははじまります。ヲウスは父の「ねんごろに」を暴力的に解釈して（「かわいがってあげよう」といわれてさんざん殴られるパターンです）殺害に及んだのでした。その荒々しさを怖れた父は、彼を熊曽《くまそ》国（九州南部）に追い払います。兄の手足をひっこぬく怪力の持ち主が美少女に変装。まるでアニメのような展開です。

ここの物語は一方で、神話的な側面が強くでているところでもあります。暴力的なヲウスが都から、遠い異郷・熊曽国に出向き、酋長（クマソタケル）を退治してヤマトタケルの名を得て戻ってくるというのは、荒々しいスサノオが、高天原から出雲に行きヤマタノオロチを退治する話や、弱々しいオオナムチが異郷（根の国）にゆき試練を克服して大国主神になるのと同じ成年式儀礼の要素が基盤になっています。

成年式儀礼を基盤とする「王の誕生」の物語は、神々の時代であればこの世以外の異郷にでかけたものです。しかし人の世となったここでは、熊曽国という辺境に置き換えられています。「王者」の誕生は天皇がいるので、勇者の誕生にランクダウン。しかし、物語の神話的構造は残されているのです。

人物クローズアップ

オオウス

ヲウスの同母兄。父の命令で美濃《みの》の美女姉妹を迎えにでかけ、自分の妻にしてしまったり、宮中の食事に参列しなかったり問題ある行動が多い。

オオタラシヒコオシロワケ（景行《けいこう》天皇）

十二代垂仁天皇の御子。身長は三メートル近く、脛《すね》の長さだけで一メートル近くあったらしい。

ヤマトヒメ

垂仁天皇の皇女、景行天皇の妹。アマテラスの祭祀担当。ヤマトタケルを叔母として愛し、神威で守護する。

ヤマトタケルかヤマトダケか

ヤマトタケルという呼び名がいまでは一般的で、東宝の特撮映画も日本アニメーションのアニメ番組もスーパー歌舞伎も「ヤマトタケル」一辺倒です。しかし、夏目漱石の「夢十夜」の中で運慶が仁王像を彫っているというので出かける話の中では、見物人が「昔から誰が強いって、仁王程強い人あ無いって云ひますぜ。何でも日本武尊《やまとだけのみこと》よりも強いんだってえからね」と、ヤマトダケといっています。実は本居宣長も「ヤマトタケ」とよんでおり、タケルというようになったのは比較的最近のことなのです。

確かにタケハヤニス（建波迩安）やタケミカヅチ（建御雷）など「建」はタケと読みます。しかし「熊曽建《くまそたける》」を殺害した帰りに「出雲建《いずもたける》」を退治したヤマトタケルは、偽の刀を作って取り替えてだましうちにするのですが、このとき詠んだ歌の中で「イヅモタケル（伊豆毛多祁流）」と見えます。埼玉県行田市にある稲荷山《いなりやま》古墳から出土した鉄剣の銘文には「ワカタケル（護加多支鹵）大王」と記されています。時期的に第二十一代雄略《ゆうりゃく》天皇のことと思われ、雄略天皇を古事記は「大長谷若建《おおはつせわかたける》天皇」としています。よって「○○建」とある場合は「○○タケル」と読んでいいと思われます。

タケルとは勇者の称号。西の勇者クマソタケルから、より強いヤマトの勇者へその名が西の勇者の魂と共に献上されているのです。

解 なるほど古事記

ヤマトタケルはなぜ戦に当たって女装したのか

ヲウスの女装を文学的にリアルに読めば、女装したのは楽女のふりをして敵の目を誤魔化すため、という解釈になる。神話学的に見ると、戦おうとしたときのアマテラスのように、異性の格好をして呪力を得ようとしているとか「妹の力」（姨《おば》の力）を得ようとしているとかと読める。

違 日本書紀との違い

古事記と日本書紀のヤマトタケル

古事記と日本書紀との違いが、ヤマトタケルの物語にははっきりみえる。古事記では景行天皇がヤマトタケルの暴虐ぶりを恐れて遠くに追いやるのに対し、日本書紀は父帝のために各地を征圧して旅する勇猛な皇族将軍であり、天皇もその武功をほめたたえて可愛がり、労《いたわ》っている。

オトタチバナヒメの自己犠牲
ヤマトタケルの東征

舞台　東国《あずまのくに》
時期　英雄の時代

ただいま戻りました父上
帰りがけにイズモタケルも倒してきました
今度は東の国々を平定してきなさい
……はい
叔母様父上は僕に死ねというのでしょうか……
労《ねぎら》いの言葉もなく休ませもせず軍隊も与えずに東国に行けだなんて
ヲウス、いやヤマトタケルあなたにこの剣を授けましょう
スサノオがヤマタノオロチから取り出した神の剣です
それとこの袋
自分の身が危ないと思ったときに開いてみなさい
旅の途中ヤマトタケルは尾張国でミヤズヒメを見初め婚約だけをして東国へ旅立った
荷物持ちの従者ナナツカハギ
しかしその旅を共にしたのはオトタチバナヒメだった
オトタチバナヒメ

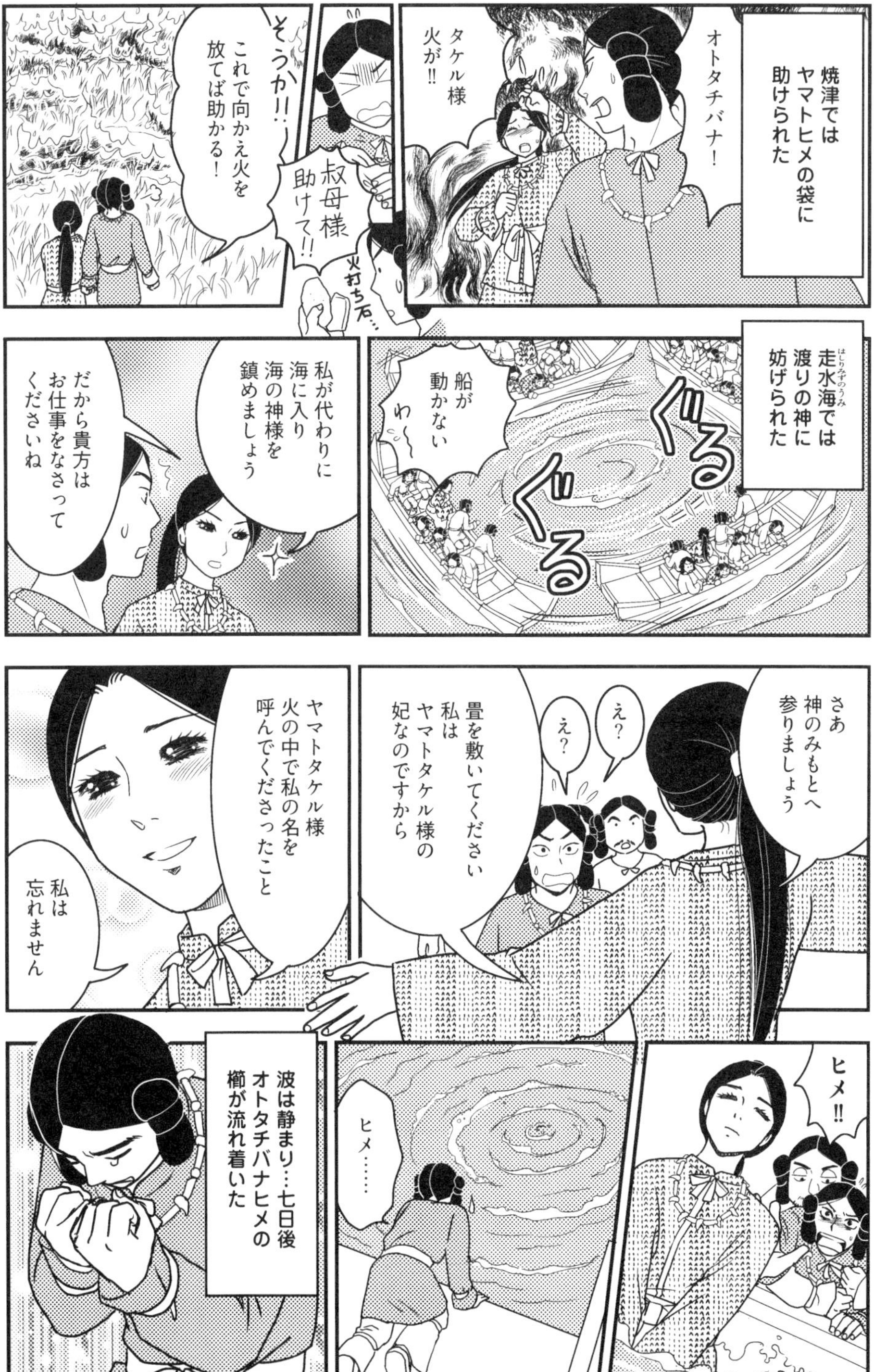

焼津ではヤマトヒメの袋に助けられた
オトタチバナ!
タケル様火が!!
叔母様助けて!!
火打ち石…
そうか!!
これで向かえ火を放てば助かる!
走水海《はしりみずのうみ》では渡りの神に妨げられた
ぐるぐる
船が動かないわ〜
私が代わりに海に入り海の神様を鎮めましょう
だから貴方はお仕事をなさってくださいね
さあ神のみもとへ参りましょう
え?
え?
畳を敷いてください
私はヤマトタケル様の妃なのですから
ヤマトタケル様火の中で私の名を呼んでくださったこと
私は忘れません
ヒメ!!
ヒメ……
波は静まり…七日後オトタチバナヒメの櫛が流れ着いた

遍歴の勇者　ヤマトタケルの東征

ヤマトタケルの名を得てもどってきた御子にオオタラシヒコ（景行《けいこう》天皇）は、東のまつろわぬ民と荒ぶる神のコトムケ（平定）を命じます。出発にあたって伊勢の神宮に参拝したヤマトタケルは、叔母ヤマトヒメに自らの置かれた境遇を嘆きます。ここに兄の手足を引っこ抜いた乱暴者の面影はもうありません。さりとて王者としての風格、スサノオや大国主神のような陽気さもありません。神話的な要素は後ろに隠れ、「父さんはぼくが死ねばいいと思っているのか！」と嘆く青年の苦悩を描く、文学的な要素が前面に出てきています。

ヤマトヒメは、クサナギの剣と袋を渡し、タケルを東国に送り出しました。ヤマトタケルの東国へのコトムケの旅の始まりです。コトムケとは「ことば（呪言）で相手をむけさせる（屈服させる）」という意味ですが（「服従のことばをむけさせる」という説もあります）、この場合の相手は荒ぶる神がほとんどです。

ヤマトタケルは相模国で焼き討ちに遭いますが、草を刈り袋の中に入っていた火打《ひうち》で迎え火を点《つ》けて危難を乗り越え、まつろわぬ者を斬り殺して焼いてしまいます（だから「焼きつ（焼津）」です）。相模から走水《はしりみず》（浦賀水道）を渡ろうとしたときには、渡りの神に妨害されて進めなくなりました。

日本書紀ではオトタチバナヒメの出自を述べ、「御子の代わりにこの身を捧

人物クローズアップ

ヤマトタケル

十二代景行《けいこう》天皇の皇子。超人的パワーの持ち主で、兄をつかみ殺し、九州の熊曽を征伐し、東国十二か国を平定する。

オトタチバナヒメ

ヤマトタケルの妻の一人。東征に同行し、夫の身代わりとなって入水する。男児一名を産んだとされ、日本書紀によれば穂積《ほづみ》氏の出身。

ヤマトヒメ

十一代垂仁《すいにん》天皇の皇女、十二代景行天皇の妹。八咫鏡《やたのかがみ》の祀り場所を探して諸国を巡行し、伊勢にたどり着いて伊勢神宮を創建した。

げます」といって入水《じゅすい》させたあと、そのまま奥州でのヤマトタケルの活躍に話題を移します。対して古事記はオトタチバナヒメが「さねさし　相模《さがむ》の小野に　燃ゆる火の　火中《ほなか》に立ちて　問ひし君はも（相模の野に燃える火の中に立って私を気遣ってくれたあなたでしたね）」と歌って入水します。

この歌はもともと、野焼きのときにうたわれた歌謡だったのではないかといわれています。古事記は伝承されていた歌謡を物語の中に上手にとりこんで文学的な物語に構成するのを得意としています。そして七日後、ヒメの櫛が岸辺に流れつきます。櫛は魂が宿るものでした（→「ヤマタノオロチ」34頁）。身は渡りの神のもとに行っても魂は夫のもとへ帰って来たのです。

クサナギの剣で草を刈ったか？

ヤマタノオロチから出現したクサナギの剣。日本書紀が「草薙剣」と書いていることもあって、焼津の火難で草を薙《な》ぎ払ったからクサナギなのだと考える人が多いようです。たしかに日本書紀には最初「天の叢雲《むらくも》の剣」（ヤマタノオロチの上には常に雲が立っていたことに由来）といい、ここで草を薙ぎ払ったから「草薙剣」というとの注記もあります。しかし古事記は最初から「草那芸《くさなぎ》之《の》大刀」とあり、また焼津の場面でも「その御刀《みはかし》で草を刈り払った」としかありません。草を薙ぎ払った云々という話は、むしろクサナギ（原義不明）という名称から生まれたものではないでしょうか。

解　なるほど古事記

東国の語源
愛する妻よ

愛するオトタチバナヒメを恋い、関東平野を望んで「あづまはや！」と嘆息したのが「東《あづま》」の地名起源。その場所は古事記では足柄峠（神奈川県足柄郡）で、日本書紀では碓《うす》氷《い》峠《とうげ》（群馬県と長野県の境）となっている。また、櫛が流れ着いたとき「君去らず」といったのが木更津の地名起源に。

違　日本書紀との違い

兄殺しはなく
父・景行天皇から

古事記のヤマトタケルは父に「建《たけ》く荒き情《こころ》」を恐れられるが、日本書紀では親子・兄弟仲がよく、兄が怯えて東征を嫌がったため、疲れてはいたがヤマトタケルが進んで東征に向かう。父帝もそんなタケルを愛し、労《ねぎら》いながら出征させる。

天翔《あまがけ》る白鳥の伝説 ヤマトタケルの最期《さいご》

舞台 東国《あずまのくに》

時期 英雄の時代

酒折宮《さかおりのみや》
〽新治《にひばり》 筑波《つくば》を過ぎて 幾夜か宿《ね》つる
（あれからもうどれくらい旅をしたろう？）
パチッ
〽かがなべて 夜には九夜《ここのよ》 日には十日を
（十日になりますかな）
はは… 上手いな
国造《くにのみやつこ》に任命しよう
尾張に戻り ミヤズヒメと再会
やっと会えたね
お帰りなさい
さんざん待たされて 月が巡ったから 月《あれ》が経《はじま》っちゃったわよ
まあ いいじゃないか
ようやく二人は結ばれた
チチチ…
伊吹山《いぶき》の神を素手で倒してくるよ
クサナギの剣を預かっておいてくれ
気をつけて…
しかし――
この白い猪は単なる神の下僕だな
帰りにやっつけてやろう
実はこの白い猪自身が神であり怒って大氷雨を降らせた

ヤマトへ…父の所へ…
ヨロ…
以前置き忘れた剣だ…はは
一本松よ お前が人だったら 剣を帯びることができたな
美しいヤマトよ…
倭《やまと》は 国《くに》のまほろば たたなづく 青垣《あをがき》 山隠《こも》れる 倭《やまと》し 美《うるわ》し
ヤマトタケルが故郷ヤマトに帰りつくことはなかった——
タケルの死を聞いてヤマトから妻たちがやって来て嘆き悲しんで陵《はか》を作った
陵からは タケルの魂が白鳥に姿を変えて飛び立ったという
わぁ…
待って! 行かないで!
なづきの 田の稲《いな》がらに 稲《いな》がらに 蔓《は》ひもとほろふ 野老葛《ところづら》
浅小竹原《あさじのはら》 腰《こし》なづむ 空虚《そら》は行かず 足よ行くな
海が行けば 腰なづむ 大河原の 植草《うゑぐさ》 海がは いさよふ
浜《はま》つ千鳥 浜よ行かず 磯伝ふ
この歌は今でも※大葬の時に歌われている

※天皇の葬儀

勇者の最期　天翔ける白鳥

オトタチバナヒメを失ったあたりから、ヤマトタケルに陰りがさしてきます。甲斐《かい》国の酒折宮《さかおりみや》（山梨県甲府市酒折）で火の番をしている老人と歌を交わします。これが後に連歌《れんが》（数人で五七五と七七の歌をつなげて展開させる文学）のはじまりといわれるようになります。それでも東国を平定して婚約していた尾張国（愛知県）のミヤズヒメのもとまで戻って結ばれ、伊吹山の神を討伐へ。このとき伊勢神宮で授かったクサナギの剣をミヤズヒメのもとに置いて出かけてしまいます。

オトタチバナヒメを失いつつも渡りの神を鎮め、足柄の坂では白い鹿に化した神を倒してきたヤマトタケルの仕事は、これら境の神をコトムケて東国《あずま》という一つのエリアをオオタラシヒコ（景行《けいこう》天皇）の治めるところとすることでした（だからアヅマの地名起源譚を必要とします）。それが伊吹山では白い猪に遭遇したときそれを神の本体と見破れず、「これは神の使者だろう。本体を殺してから始末してやる」と「言挙《ことあ》げ」するというミスを犯します。言挙げとは、はっきりことばに出していうことで、言霊《ことだま》（言葉の霊魂）を信じていた当時の人にとっては呪力の発動を意味する禁忌の行為でした。言挙げをしたヤマトタケルはことばの呪力に絡められて敵を見失い、氷雨に打たれて倒れます。大和へ杖を突いて向かうヤマトタケル。この哀れな結果は、クサナギの剣を手

人物クローズアップ

ヤマトタケル

十二代景行天皇の皇子。神の姿を見破れず、伊吹山の神の平定に失敗。死後、魂は白鳥となって天へ昇っていった。常陸《ひたち》国風土記には「ヤマトタケル天皇」と記されている。天皇や神に匹敵するくらい存在感あるキャラクターである。

ミヤズヒメ

ヤマトタケルの妻の一人。尾張氏の娘。ヤマトタケル東征の往路に婚約、復路に結婚。遺品クサナギの剣を預り、後にそれを祀った。今の熱田神宮（名古屋市熱田区）である。

放したからに違いありません。ヤマタノオロチからスサノオによって取り出され、アマテラスから皇室に下された神剣の力で、東の荒ぶる神たちを今まではコトムケることができたということです。ヤマトタケルは帰る途中、鈴鹿で死にました。その魂は白鳥となって天翔っていきます。

ヤマトタケルの「物語」

この物語にも地名起源説話が多く用いられています。三重県の「三重」は伊吹山から大和へ向かう瀕死のヤマトタケルの足が、三重に曲がったのに由来します。伊吹山の麓の醒井《さめがい》や垂井《たるい》などもヤマトタケルに由来します。

ヤマトタケルという個人の実在を示す証拠はありません。その平定してまわった範囲の広がりや、各地に残るタケルべという地名の分布などから、多くの武人や軍事組織の功績がまとまって一つの人格を得、ヤマトタケルという総合的人格となったのではないかと説明する学者もいます。

それはそれとして、古事記の中で、王者の誕生を語る物語をもちながらも、さすらう御子として危機に遭い、愛する人を失い、戦いつづけ、最後には神の力に屈してぼろぼろになりながらも故郷へむけて歩き続けながら死んでゆく悲しい勇者の人生は心を打ちます。日本書紀の英雄然とした「日本武尊」も格好はいいのですが、古事記の「倭建命《やまとたけるのみこと》の物語」は、亡びゆく者の哀れを描いた文学として、味わうべきものでしょう。

なるほど古事記 解

ミヤズヒメの結婚と尾張氏の始祖伝説

古事記はミヤズヒメを「尾張の国造の祖」と記している。

古代には「神と人間の女との子がわが氏族の祖先」というタイプの始祖伝説が多く、ミヤズヒメも神の子を生んだ尾張氏の伝説的祖先だったのだろう。

ミヤズヒメが婚姻時「神に通じる状態」の月経中なのも、ヤマトタケルを神に見立てているからだ。

日本書紀との違い 違

ヤマトタケル縁《ゆかり》の地をめぐって悲しむ父・景行

日本書紀の景行天皇は愛情あふれる父だ。タケルの死を聞いて昼夜慟哭《どうこく》し、「他に適任者がおらず、やむなくお前を戦地に遣《や》った。帰りを待っていたのに」と嘆いて、後にタケル縁の東国をめぐる旅に出ている。

敢然たる大后さま
新羅《しらぎ》遠征と大和帰還

舞台 筑紫国《つくしのくに》・新羅国《しらぎのくに》

時期 英雄の時代

御船は大きな波に乗って新羅の中心まで到達した
わーーっ
ザブーーン!!
恐れ入りました
これからずっと
お仕えします
これからは住吉の神が
この国を護る
お腹の中の
大君の御子に
しっかりとお仕え
するように
お腹に子を宿らせた
大后は神の言葉に従い
新羅国と百済国《くだら》を
家来とした
ははっ
産まれた御子が
天皇位を継いだ
胎中《たいちゅう》天皇とも呼ばれる
ホムダワケ（応神《おうじん》天皇）の
時代に漢字や論語などが
伝わったという
ホムダワケ

オキナガタラシヒメの新羅遠征

オオタラシヒコの跡を継いだワカタラシヒコ（第十三代成務《せいむ》天皇）には跡継ぎがいませんでした。そこでヤマトタケルの御子、タラシナカツヒコ（仲哀《ちゅうあい》天皇）が即位します。熊曽平定に自ら筑紫《つくし》の訶志比《かしい》（博多市香椎）に宮を造り、大后のオキナガタラシヒメを連れて宿営していた天皇は神のことばを聞くために琴を弾きます。しかし大后に憑依した神のことばを信じず、いい加減に弾いてしまい、気付いたときには崩御されていました。

天皇の不名誉な崩御で、タケノウチノスクネたちは慌てて国中の天つ罪・国つ罪の大祓えをしてお清めをします。そしてあらためて神のことば通りに大后が西の国を従えに出陣するのでした。大后は身ごもっていましたが、海でミソギを行い男のように姿を変え、新羅《しらぎ》遠征を開始します。神の助けで魚に運ばれた大后たちの船は、あっという間に新羅の国の宮殿前に到達。畏れ入った新羅の王は天皇に仕えることを約束します。こうして新羅は御馬飼《みまかい》、百済《くだら》は渡屯家《わたりのみやけ》となったのでした。このとき大后が新羅の宮殿の門前に杖を突きたてます。杖を突くという行為は、神の依代《よりしろ》（神が乗り移るもの）として、その土地の占有を示す行為とされています。

オキナガタラシヒメの大和帰還

人物クローズアップ

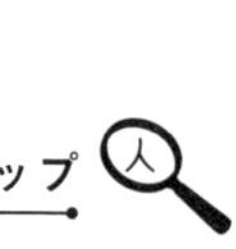

タラシナカツヒコ（仲哀天皇）

十四代天皇。ヤマトタケルの子。十三代成務天皇に跡継ぎがなかったため即位した。后の神功皇后による神託を信じずに神罰で崩御。

オキナガタラシヒメ

神功《じんこう》皇后。パワーに満ち足りた女性。神を依《よ》り憑《つ》かせる能力をもっている。

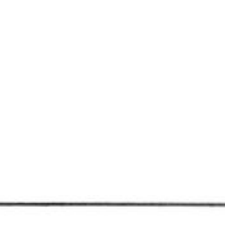

タケノウチノスクネ

景行天皇から仁徳天皇の五代に仕えたとされる、三百六十歳の長寿を誇った人物。延命長寿の神として祀る神社もある。

新羅を従えてからの帰路、大后は船上で産気づきます。腰に石をはさんで押さえ、戻ってウミ（福岡県宇美町）で無事出産。しかし大和には、タラシナカツヒコの后の一人、オオナカツヒメとの子、カゴサカ王・オシクマ王が皇位を狙い待ち受けていました。

そこで大后は御子が死んだと嘘の情報を流し、葬儀用の船を仕立て、中に御子と兵士を隠し乗せます。一方、待ち受けていたカゴサカ王・オシクマ王はウケヒで占おうとしますが、突然出てきた大猪にカゴサカ王が食い殺されてしまいます。負けが決まっているにもかかわらず、オシクマ王は襲撃を諦めません。帰還した葬式船を見て、どうせ中は空だろうと高をくくって攻撃。しかし隠れていた船中の軍勢に、オシクマ王は討ち取られてしまったのでした。あわてたオシクマ王軍は山代《やましろ》（京都府木津川付近）まで退却し、態勢を立て直して双方激しく戦います。

ここでもう一度、大后の軍勢は知恵をひねります。大后軍の大将タケフルクマが、大后が亡くなったといって軍勢の弓の弦を切らせます。イサヒノスクネも武装解除しますが、大后軍は、髪の毛に密かに弓の弦を隠し、不意を突いてオシクマ軍を攻撃したのでした。オシクマ軍はとうとう滋賀のササナミ（琵琶湖南部）まで追い詰められて滅びます。

こうして戦いに勝った大后は、タケノウチノスクネに命じて御子の禊《みそぎ》のために近江・若狭を廻らせます。一方、大后は酒を準備して御子の帰りを待つのでした。

日本書紀との違い　違

特別な扱いをされている神功皇后

日本書紀は巻第九を神功皇后の巻としていて、天皇単位で巻を立てる日本書紀では異例の扱いである。これは「胎中天皇《たいちゅうてんのう》」とも呼ばれる、応神天皇《おうじん》との結びつきの強さによるものだろう。また、記紀の中で海外に遠征する天皇はおらず、唯一、大后のオキナガタラシヒメだけ。有名な大后は何人もいるが、オキナガタラシヒメの存在感は別格である。

さらに日本書紀では、「倭女王」が魏の景初《けいしょ》三年に使者を派遣したという、『魏志倭人伝《ぎしわじんでん》』の記事を注記している。「倭女王」とは「鬼道《きどう》」を司った女王、卑弥呼《ひみこ》のことだが、日本書紀の編者たちも、神を依り憑かせる能力を持ったオキナガタラシヒメと重ねて解釈しているのだ。

大国主神と国作りを完成させた

大物主神《おおものぬしのかみ》

自身を祀らせることが手伝いの条件

大国主神《おおくにぬしのかみ》はスクナビコナとともに国作りをしていましたが、スクナビコナは途中で国作りをやめて帰ってしまいました。途方に暮れた大国主神の前に現れ、彼を助けて国作りに尽力したのが大物主神です。大物主神が自分を大和国（現在の奈良県）の東の山の頂に祀ることを条件に国作りの手伝いを買って出たので、大国主神は大物主神を御諸山《みもろやま》（現在の三輪山）に祀りました。こうして大国主神は国作りを完成させ、大物主神は三輪山に宿りました。三輪山麓にある大神《おおみわ》神社は三輪山そのものが御神体で、神殿がありません。一方、日本書紀では大物主神は大国主神の分身とされ、両者は同一の神とされています。

古事記には、大物主神の変わった恋のエピソードもあります。セヤダタラヒメという美しい娘に一目惚れした大物主神は、赤い矢に姿を変えて川の上流から流れていき、用を足しに来たセヤダタラヒメの陰部を突きました。二人は結婚し、生まれた娘は神武天皇の妃の一人となりました（丹塗り矢伝説）。

大神神社のウサギ

大物主神は大国主神と同一神であるともされますが、大《おお》神《みわ》神社にはウサギの像が安置されています。由来は大神神社の例大祭である大神祭が崇神《すじん》天皇の八年卯の年にはじまったことで、「卯の日神事」と名づけられ、干支の卯に関連してウサギの像が置かれた、あるいは大国主神が稲羽《いなば》でシロウサギを助けた物語に由来するなどといわれています。現代ではこのウサギを撫でると、身体の痛む箇所を治してくれるとか願い事をかなえてくれるとされ、多くの人でにぎわいます。

国譲りをすぐ承知した神

コトシロヌシノカミ

国つ神の総帥をつとめる託宣神《たくせんしん》

高天原《たかあまのはら》の使者が来て国譲りを要求した時、大国主神は息子二柱の意見を聞きました。タケミナカタがタケミカヅチと格闘してまで反対したのに対し、すぐ「国は献上します」と答えたのがコトシロヌシです。そしてその後、「天の逆手」を打ち、自分の船を転覆させて柴垣《しばがき》に変え、その中に隠れました。タケミナカタと対比されて、高天原に対し従順な神と解釈される傾向があります。

コトシロヌシは、ものごとの「コト」またことばの「コト」に、神が依りつくものを意味する「シロ」、支配者を意味する「ヌシ」で構成された名前を持ちます。出雲国神賀詞《いずものくにのかんよごと》や日本書紀では託宣神《たくせんしん》として登場しています。国譲りにあたって大国主神は「わたしの子たち百八十神《ももやそかみ》は、コトシロヌシが先頭にたって天つ神の御子にお仕えすれば、従わない神はいない」といっています。国つ神の総帥をつとめる神だといってよいでしょう。

本籍は出雲でなく大和にある

古事記の中では出雲の主である大国主神の子と記述されているコトシロヌシですが、もともとは大和で信仰されていた神だったのではないかと思われます。初代神武《じんむ》天皇が大和でめとった皇后をコトシロヌシの娘とする伝承があるからです。

また、壬申《じんしん》の乱のときには、高市県主《たけちのあがたぬし》に勝利の託宣もしています。またコトシロヌシには「釣りをしていた」という伝承があるため、七福神の恵比寿とも重ねられ、全国的に祀られるようになりました。

古事記ゆかりの地へいこう

ヤマトタケルとオキナガタラシヒメにちなんだ場所を紹介します。ぜひ訪れて古代のロマンにふれてください。

三重県伊勢市
神宮《じんぐう》

アマテラスは天孫降臨に際し、ホノニニギに「この鏡を私だと思いなさい」と八咫鏡《やたのかがみ》を授けます。この鏡が祀られているのが一般に伊勢神宮と呼ばれる神宮の内宮《ないくう》。外宮《げくう》では食物の神トヨウケを祀ります。古事記中巻ではヤマトタケルが遠征の前に神宮を訪ね、ヤマトヒメからクサナギの剣などを授けられています。

▼「天孫降臨」70頁・「ヤマトタケルの西征」122頁へ

神奈川県・静岡県県境
足柄峠《あしがらとうげ》

ヤマトタケルが大和《やまと》へ帰る折、休息したとされる場所です。標高約七百五十メートルにある足柄峠は箱根山外輪山の延長した先にあり、ここを越える道は東海道として東西をつなぐ交通の要路でした。また、古くは足柄坂と呼ばれ、ここより東は坂東《ばんどう》とされていました。歴史を通じ数々の合戦が行われた地でもあります。

▼「ヤマトタケルの最期」130頁へ

山梨県富士吉田市
北口《きたぐち》本宮《ほんぐう》冨士《ふじ》浅間《せんげん》神社《じんじゃ》

足柄から酒折宮《さかおりのみや》に至る途中、ヤマトタケルが立ち寄り、現在の社地の背後にある大塚丘から富士山を仰ぎ見て鳥居が建てられたのが創建。祭神はコノハナサクヤビメ・ホノニニギなどで、交通安全・商売繁盛・夫婦円満・縁結びなど多彩なご利益があるとされています。また世界文化遺産「富士山」への登り口に位置します。

▼「ヤマトタケルの最期」130頁へ

静岡県焼津市

焼津《やいづ》神社

ヤマトタケルの知恵と勇気と優しさを称え、焼津の守り神として祀ったのがはじまり。創建は反正天皇四（四〇九）年と伝えます。神社を含む一帯には宮之腰遺跡という千六百年以上昔の祭祀道具や人々の生活していた跡が発見されました。境内にはヤマトタケル像や神武《じんむ》天皇像が建てられています。

▼「ヤマトタケルの東征」126頁へ

群馬県・長野県県境

碓氷《うすい》峠《とうげ》

日本書紀ではヤマトタケル東征の折、ここを越えて信濃《しなの》（長野県）へ入ったとされています。群馬県との県境で、現在は群馬県側に熊野《くまの》神社が、長野県側に熊《くま》野皇大《のこうたい》神社が鎮座しています。一つの境内に二つの神社がある珍しい神社です。境内に「日本武尊《やまとたけるのみこと》「吾嬬者耶《あづまはや》」詠嘆の地」の碑があります。

▼「ヤマトタケルの最期」130頁へ

埼玉県秩父市

三峯神社《みつみねじんじゃ》

ヤマトタケルが東征の途中に立ち寄ったとされ、風景の美しさに感銘してイザナキ・イザナミの二柱を祀ったと伝えられています。また山犬信仰として狛犬がオオカミであることも知られています。古くからの修験道の地であり、家内安全、無病息災、縁結びなどあらゆるご利益が得られる神社です。

▼「ヤマトタケルの最期」130頁へ

山梨県甲府市
酒折宮《さかおりのみや》

ヤマトタケルが東征の帰路、立ち寄ったとされている地。火炊きの下男に歌で問いかけたところ同じく歌で返ってきたところから、連歌発祥の地とも。祭神はヤマトタケルで、諸災難除をはじめ多くのご利益があります。社の北にはご神体である「カンナビ山」が鎮座しています。

▼「ヤマトタケルの最期」130頁へ

福岡県福岡市
香椎宮《かしいぐう》

仲哀《ちゅうあい》天皇は熊曽《くまそ》を討つためにこの地を訪れますが、志なかばにして崩御します。このとき共にいた神功皇后が天皇の御霊を鎮めるために祀ったのがはじまりとされています。後に社殿が造営され合わせて香椎廟と呼ばれました。隣の古社には神功皇后が神がかりした場所が伝わり、また裏手にはタケノウチノスクネが毎日水を汲んで献上したという井戸「不老水」もあります。

▼「新羅遠征と大和帰還」134頁へ

京都府京都市
藤森神社《ふじのもりじんじゃ》

新羅《しらぎ》遠征の帰り、神功《じんぐう》皇后がこの地に旗を立て武器や軍旗をこの地に埋めたのがはじまりとされています。スサノオ・ヤマトタケル・応神《おうじん》天皇など多くの神や歴代天皇が祀られています。勝負事の神様として、特に騎手や馬主といった競馬関連の人々の尊崇を集めています。また、日本書紀を奏上した舎人《とねり》親王を祀り、学業の神としても知られています。

▼「新羅遠征と大和帰還」134頁へ

愛知県名古屋市
熱田神宮《あつたじんぐう》

ヤマトタケルの死後、持っていたクサナギの剣が奉納されたのが創建。祭神の熱田大神はアマテラスとされ、ヤマトタケル・スサノオ・ミヤズヒメといったクサナギの剣とゆかりのある神々が祀られています。無病息災・厄除け・縁結びなどさまざまなご利益が授けられるとされています。

▼「ヤマトタケルの最期」130頁へ

全国各地
住吉三神《すみよしさんじん》

住吉三神とは、黄泉国《よみのくに》から帰ったイザナキがミソギをしたとき生まれたソコツツノオ・ナカツツノオ・ウワツツノオの三柱のことで総称して住吉大神と呼びならわしたものです。航海・漁業の神とされ、ご利益は航海安全・豊漁・産業育成・和歌の道など。全国各地で祀られています。

▼「新羅遠征と大和帰還」134頁へ

全国各地
八幡神《やはたのかみ》

応神《おうじん》天皇を主神とする神社で軍神、特に弓矢の神として尊崇《そんすう》されてきました。宇佐《うさ》神宮を総本社とし全国に広く鎮座しています。応神天皇の母である神功《じんぐう》皇后も祭神として祀られています。後に神仏習合として、源氏など武家の神としても信仰されてきました。国家鎮護・武運長久をはじめ厄除け開運、必勝の神として篤《あつ》く慕われています。全国各地で祀られていて、日本で最も多い神社ともいわれます。

▼「新羅遠征と大和帰還」134頁へ

第四章 愛と憎しみの行く末

もはや神は現れない

古事記下巻になると
禁断の恋の物語や女性問題、
皇位継承と復讐の物語になる。

雄略天皇の意外な一面
神との遭遇
▼百七十頁へ

二王子の発見
オケとヲケ
▼百七十四頁へ

彼女を求めて歌合戦
恋愛遊戯　歌垣
▼百七十八頁へ

ヲケの復讐、オケの説得
御陵の土
▼百八十頁へ

奇妙な譲り合いの果てに
応神天皇《おうじん》の御子たち

舞台 明日香《あすか》
時期 伝説の時代

軽《かる》の島《しま》の明《あきら》の宮《みや》
おまえたちに質問だ
上の子と下の子とどちらが可愛いと思う？
ホムダワケ（応神天皇）
そんなもの上の子にきまってるじゃないですか
……
あ父さんは…
オオヤマモリ
オオサザキ
やはり成人した兄よりまだ幼い弟でしょう
うむその通り
長男のオオヤマモリは海と山を管理しなさい
えっ⁉
オオサザキは領地の管理をしなさい
はい
天皇の位を継ぐのは末子のおまえだよワキイラツコ
はい
ウジノワキイラツコ
大君崩御
ではな…
あとをたのんだぞ…
天下を取るのは俺だ
おいそこの楫取《かじ》り
そうだよな
オオヤマモリ

いいえ
何だと
あ お前は！
兄さんは正しかった
だろう？
大君様 よい魚が釣れたので お召し上がりください
立派な魚だね それは弟が受け取るものだ
立派な魚だね それは兄さんに差し上げてくれ
どちらでもいいから何とかしてください
やはり兄を差し置いては…
いや 父の遺言だよ 君が継ぐんだ
ですが…
そうしているうちに ウジノワキイラツコは 亡くなってしまった
こうして オオサザキ （のちの仁徳《にんとく》天皇）が 後継者と なったのだった

中巻から下巻へ変わるもの

古事記の上巻は、神々を主人公にした「高天原」に発する国土（＝天下）と天下を治める者の由来の物語でした。中巻はイワレビコが天下を治める者として「天皇」となり、その直系子孫が国家建設を展開します。ミマキイリヒコイニエ（崇神《すじん》天皇）は神々を祀り、地方に将軍を派遣。ヤマトタケルは東に領土を広げました。さらにオキナガタラシヒメ（神功《じんぐう》皇后）の時には、海外までも版図に含めます。そうしてホムダワケ（応神《おうじん》天皇）の御世となります。

この時代に、「千字文《せんじもん》」や「論語」がもたらされたと古事記は伝えます。「千字文」とは、六世紀の初めごろに南朝（中国南部に漢人によって建てられた王朝）の梁《りょう》の武帝が作らせた漢字を学ぶためのお手本。古事記も日本書紀もホムダワケの時代は、四世紀頃に設定されているので矛盾するのですが、記紀が伝えたいのは、この時代に漢字や儒教が伝わったということ。つまり中巻で形作られてきた天下という土壌に、文化という種が植えられたということなのでしょう。ほかにも土木や機織りの技術者の渡来も伝えられています。

ホムダワケの御子たち兄弟の譲り合いの話には、「子は父に孝行する」「弟は兄を敬う」という儒教で大切にされている思想がうかがえます。皇位を譲り合った後に即位したオオサザキ（仁徳《にんとく》天皇）は、「聖帝」と称えられます。ここにも理想的な王者としての儒教的なイメージがあるのです。

人物クローズアップ

ホムダワケ（応神天皇）

オキナガタラシヒメ（神功皇后）の子。自身も後継者問題で腹違いの兄弟たちに殺害されそうになったことがある。

オオヤマモリ

後継者になれなかったことを恨み、数百の兵を従えてウジノワキイラツコを殺そうとしたが未遂に終わる。

ウジノワキイラツコ

兄のオオサザキに皇位を譲ろうとした人物。没後は同母妹のヤタノワキイラツメが仁徳天皇（オオサザキ）の寵愛を受ける。

ホムダワケは二人いる？

ホムダワケの御世は中巻の最後となりますが、中巻では、イハレビコ（神武《じんむ》天皇）以来、天皇の位は、父から子へと伝えられてきました。しかしホムダワケの父、タラシナカツヒコ（仲哀《ちゅうあい》天皇）はヤマトタケルの御子ですから、ここで原則が崩れます。

オオサザキの後は兄弟で皇位が継承されていきます。中巻とは異なる継承原理となるわけですから、ホムダワケからオオサザキにかけてが時代の一つの節目ということになります。

鎌倉時代の日本書紀の注釈書に「上宮記」という記紀より古いとされている書の一節が引用されていて、「凡牟都和希王」という名が見られます。ホムダワケと読んで応神天皇と理解するのが通説ですが、ホムツワケと読む説もあります。イクメイリヒコとサホビメとの間に生まれた御子（↓「サホビコの反乱」118頁）がホムチワケ（系譜には「品牟都和気＝ホムツワケ」とあります）でした。ホムチワケとホムダワケとの関係は確定できませんが、どうやらホムダワケというのは、「胎中天皇」としての伝承と始祖王としての伝承とあわさって、下巻の天皇たちの祖として位置づけられているようです。上巻、神々の時代はイザナキとその三人の子から始まりました。下巻、人々の時代はホムダワケとその三人の子の一人から始まるのです。

類　神話・伝承との類似性

オオサザキの後にも兄弟の譲り合いがあった

オオサザキ（仁徳天皇）から七代後の天皇である顕宗《けんぞう》天皇も、兄と皇位を譲り合ったことで知られている亡命生活中、卑しい身分でいたところを弟が機転をきかせて正体を明かした。そこで兄は弟をたてたのである。（↓「オケとヲケ」174頁）。

違　日本書紀との違い

若くして亡くなるウジノワキイラツコ

古事記では、ウジノワキイラツコは若くして亡くなったことになっているが、日本書紀では天下のためにならが長生きしては「自分ない」といって自ら命を絶つ。兄が弟のもとに駆けつけたのは、死んで三日も経ってからであった。弟の遺体にまたがり、名を呼ぶ姿は感動的だ。

恋多き天皇と嫉妬深い妻
皇后さまの家出

舞台　難波《なにわ》の宮《みや》
時期　伝説の時代

難波《なにわ》の高津宮《たかつのみや》
ある日 仁徳《にんとく》天皇は 国をながめていて 気付いた
なあ タケノウチノ スクネ
は
人々の家から 煙が立っていない みんな 炊事も できないくらい 貧しいのだろうか
…これから 三年間 免税しようか
御意
タケノウチノスクネ
三年後
民の竈《かまど》は 賑《にぎわ》いにけり
スクネ そろそろ いい頃だろう 課税して 宮殿を 直して もらおう
御意
人々は オオサザキ （仁徳天皇）を
「聖帝《ひじりのみかど》」と 呼び称えた

彼の欠点といえば…
イワノヒメ
また大君ときたら!
今度はどんな女!?
大君の母違いの妹ヤタノワキイラツメです
ヤタノワキイラツメ
私はあなたに愛されていれば十分
一人でいてもいいのです
たいへんな色好み
もう知るものですか
あ、大后
困ったな
だが立場上迎えになんて行けないし…
大君、大后は家出したのではありません
?
一度ははう虫
一度は卵
最後は飛ぶ
三段変身の不思議な虫を見に行かれたのです
ほう
それは面白い
私も見にいこう

大后 君がいると 聞いて やってきたよ
べっ 別に……！
イワノヒメに 会いに来る口実を 作ってもらえた オオサザキだった
懲りないオオサザキは ヤタノワキイラツメの妹 メトリに求婚するため 弟のハヤブサワケに 使者を頼んだが…
大后が怖くて 姉も近寄れない のだもの！ 嫌です！
メトリ
私は あなたの妻に なります！
え!?
でもうれしい…
ハヤブサワケ
天高く飛ぶ 隼《はやぶさ》よ
雀《さざき》なんか 取ってしまい なさいな
後日——
これが天皇の耳に入り 逃げた二人は オオタテ将軍に処刑された

…オオタテを連れて来なさい
大君があの者を殺したのは大義名分があったのです
それにかこつけて殺した皇族の物を死体も温かいうちに奪い取り妻に与えるとは
死刑に処す
嫉妬に荒ぶる女性だったイワノヒメも立派な大后として鎮まったのである
こうして大君の身辺も落ち着いて――
スクネ
雁が卵を産んでいる渡り鳥なのに珍しいね
たまきはる 内《うち》の朝臣《あそ》 汝《な》こそは 世《よ》の長人《ながひと》 そらみつ やまとの国《くに》に 雁《かり》子産《こむ》と聞《き》くや
高光《たかひか》る 日《ひ》の御子《みこ》 宜《うべ》しこそ 問《と》ひたまへ まこそに 問《と》ひたまへ 吾《あれ》こそは 世《よ》の長人《ながひと》 そらみつ やまとの国《くに》に 雁《かり》子産《こむ》と いまだ聞《き》かず 汝《な》が御子《みこ》や 終《つひ》に知《し》らむと 雁《かり》は子産《こむ》らし
長年生きておりますがこの国に雁が卵を産んだと聞いたことはありません
オオサザキ様のためにこのようなめでたい事が起きるのでしょう

民の暮らしを守るオオサザキの政治

古事記の中・下巻は、天皇の御名と宮が書かれ、「その天皇の時代」が示されます。それに后や御子を記した系譜記事、それらに関わる物語が続き、最後に崩御《ほうぎょ》と御陵《みささぎ》（お墓）の場所が語られるのがフォーマットです。

下巻はオオサザキ（仁徳天皇）の系譜と物語から始まりますが、オオサザキは民に対して善政を行った天皇と書かれています。兄弟間での後継者争いを経て天皇に即位したオオサザキは、難波の高津宮（現在の大阪市中央区）で天下を治めました。ここでオオサザキは、農業の生産性を高めるために池や水道などを整備する大規模な治水工事を行っています。

ある日、オオサザキは高い山に登って自分が治めている国を見渡しました。すると、どの家のかまどからも煙が上がっていないことに気づきました。治水工事の労働力として駆り出されたため民たちは本来の仕事である農業ができず、炊事さえままならないほど貧しい暮らしを強《し》いられていたのです。そこでオオサザキは、税として課していた労働奉仕を三年間にわたってやめさせました。自身も民のために質素な生活を旨とし、宮殿の屋根が雨漏りしても修理せず、そのままにしておいたといいます。『新古今和歌集』に、このときの歌が伝わります。

高き屋に　のぼりてみれば　煙《けぶり》立つ　民のかまどは　にぎはひにけり

人物クローズアップ

オオサザキ（仁徳天皇）

ホムダワケ（応神天皇）の第四子。弟ウジノワキイラツコと皇位を譲り合うが、弟の死を受けて天皇に即位した。

イワノヒメ

オオサザキ（仁徳天皇）の皇后。嫉妬深い女性として知られる。夫がほかの女性と仲良くなると、手足をばたつかせて妬《ねた》んだという。

ヤタノワキイラツメ

イワノヒメの家出のきっかけとなった女性。メトリの同母姉。控えめでおとなしい性格で、オオサザキの心をくすぐる。

恋多き「聖帝」と嫉妬深い皇后

民には仁政を敷いたオオサザキですが、その一方で女性関係はヤチホコと同じくらい派手でした（→「八千矛神謡」46頁）。オオサザキの皇后は、タケウチノスクネ（第八代孝元《こうげん》天皇の孫）の孫イワノヒメでしたが、彼女は大変に嫉妬深い女性でした。

ある時、オオサザキが夢中になっていたクロヒメという女性に、イワノヒメが嫉妬します。クロヒメはそれを恐れて実家に舟で帰ろうとしますが、イワノヒメは徒歩で帰らせました。しかしこの後、オオサザキは淡路島を見てくるといってそのまま吉備《きび》に渡り、ちゃっかりデートをしています。

また、オオサザキはイワノヒメが出かけた隙に、腹違いの妹のヤタノワキイラツメを宮中に連れ込み、皇后の家出事件までに発展。さらにメトリに想いを寄せますが、メトリとハヤブサワケの反逆により、二人を討伐。その際、オオタテという家臣が、メトリの腕輪を横領して妻に与えます。これに気づいたイワノヒメは「天皇がメトリを殺したのは反逆者であったから当然。それなのにオオタテは主君筋にあたる者の所持品を奪い、自分の妻に与えるとは礼儀に反する」といって、オオタテを死刑にしました。嫉妬という荒ぶる魂の持ち主だったイワノヒメは、いったん家を出て戻ってくると、皇后（王者の妻）として鎮まったのです。「王の誕生物語」の后《きさき》バージョンといっていいでしょう。

類 神話・伝承との類似性

妻のすさまじい嫉妬に苦労する恋多き男

恋多きオオサザキのエピソードは、ギリシア神話の大神ゼウスを彷彿とさせる。ゼウスは妻であるヘラの目を盗んで、テーバイ王の娘セメレやニンフ（妖精）のカリストほか、多くの女性と浮き名を流す。しかしその度に女性たちは、嫉妬深いヘラにひどい目にあわされている。

違 日本書紀との違い

悲劇の女性として描かれたイワノヒメ

古事記では夫のオオサザキと仲直りしたことになっているが、日本書紀ではイワノヒメは家出したままで最後までオオサザキのもとへは戻らず、宮殿を出たまま気の毒に亡くなってしまう。その後、ヤタノワキイラツメが新たな皇后に立てられることになったと記されている。

禁断の恋と嘘と復讐

アナホノミコの悲劇

舞台　大和国《やまとのくに》

時期　伝説の時代

兄上は？
オオマエオマエノスクネ邸に立てこもりました
囲め！
降参です
カルノミコ様を引き渡します
オオマエオマエノスクネ
伊予に流せ
お兄様！
鳥は魂の使者だ 鶴が泣いたら僕の名を問うんだよ
浜辺の貝殻で足を切ったりしないでね
気をつけて…お兄様
あなたが出かけてしまって幾日も立ちました
お迎えにいきましょう もう待つことはできません
二人は伊予で再会し
そののち共に命を絶つ

こうして アナホノミコが 天皇になった (安康《あんこう》天皇)
弟の嫁に ワカクサカノミコが 欲しいと
オオクサカノ ミコに 伝えてくれ
かしこまり ました
なんとなんと これは めでたい!
ワカクサカノミコ
オオクサカノミコ
お話を受ける印に 「押木《おしき》の玉縵《たまかずら》」を 大君に
祝いの品です
ほっほしい…
す、すごい…
どうだった?
わくわく
それが… 同じ皇族なのに なぜ妹を貢がなきゃ ならんのだ!
さっ
しっしっ!!
帰れ帰れ
使者は玉縵ほしさに嘘をついた
何だと!?
殺して 家も燃やして しまえ!
ワアアアアアアア

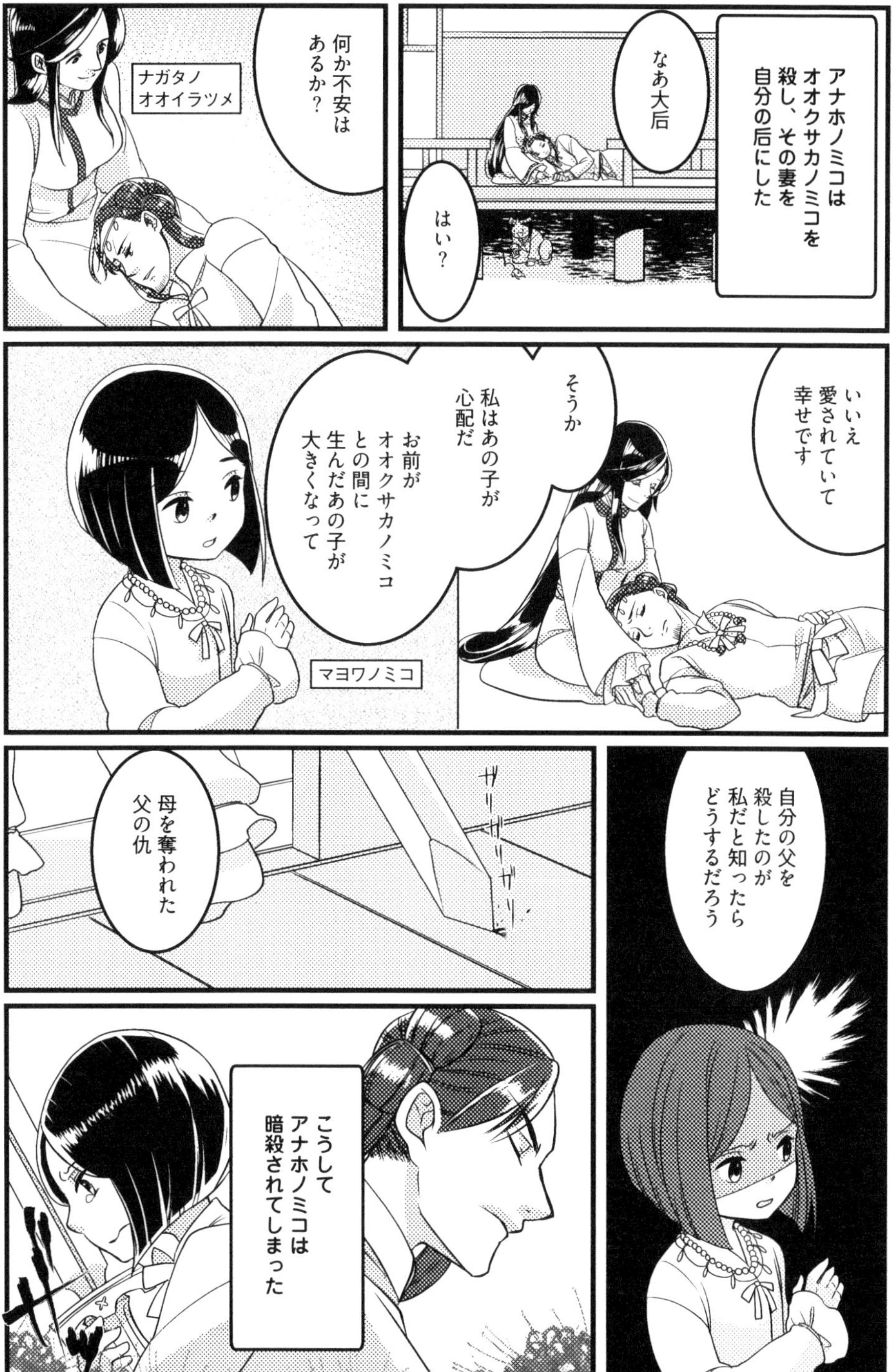
アナホノミコは
オオクサカノミコを
殺し、その妻を
自分の后にした
なぁ大后
はい？
何か不安は
あるか？
ナガタノ
オオイラツメ
いいえ
愛されていて
幸せです
そうか
私はあの子が
心配だ
お前が
オオクサカノミコ
との間に
生んだあの子が
大きくなって
マヨワノミコ
自分の父を
殺したのが
私だと知ったら
どうするだろう
ガリ
ガリ
ガリ
母を奪われた
父の仇
こうして
アナホノミコは
暗殺されてしまった

歌で語られる古事記の物語

古事記に収められた物語は、散文で語られるものばかりでなく、韻文《いんぶん》を交えて歌のように語られるものもあります。これを「歌謡物語」と呼びますが、この傾向は下巻に至ってより強くなります。「読歌《よみうた》」「天語歌《あまがたりうた》」「志都歌《しつうた》」などと本文で示されるこれらの歌謡は、古事記自体の内容を物語るための手段として用いられており、実際に歌われていたことも想像されます。

オオサザキ（仁徳《にんとく》天皇）の孫の代の話になりますが、キナシノカルノミコとカルノオオイラツメという実の兄妹が恋に落ちました。このころは、きょうだいでも母親が違えば結婚できましたが、母親が同じ者どうしが通じることはタブー視されており、皇位継承者であってもその地位を剥奪されるほど厳しい処分を受けました。

やがて二人の関係は、キナシノカルノミコが詠んだ歌で周囲の知るところとなりました。恋の奔放さに人々の信望は失われ、代わって同母弟のアナホノミコに衆目が集まります。兄弟による後継者争いとなりますが、戦にはならず、カルノミコは身柄を引き渡され流されます。連行されたときにも流されるときも妹を想う歌を詠んでいます。カルノオオイラツメが伊予《いよ》へ追って来ると、ここでも歌を詠み交わし、歌い終えて命を絶ちました。禁じられた恋の物語が歌で描かれています。

人物クローズアップ

キナシノカルノミコ

オアサヅマワクゴノスクネ（允《いん》恭《ぎょう》天皇）の御子。次の大君の地位が約束されていたが、人々の信望を得られず伊予（現在の愛媛県）に流刑となる。

アナホノミコ（安康《あんこう》天皇）

キナシノカルノミコの同母弟。人心を失ったキナシノカルノミコに勝ち、天皇に即位する。

カルノオオイラツメ

キナシノカルノミコの同母妹。美しい女性で、肌の色が衣を通して輝いていたほどの美しさだったといわれる。

暗殺された天皇

こうしてアナホノミコが即位します(安康《あんこう》天皇)。弟のオオハツセのために妻を迎えようとしたとき、家臣のネノオミが不正をはたらき、嘘の報告をしました。だまされたアナホノミコは、オオクサカノミコを攻め滅ぼし、その妻のナガタノオオイラツメを奪って自分の妃にします。

アナホノミコとナガタノオオイラツメとの結婚は幸せなものだったようですが、そこに悲劇が生じます。ある日、オオクサカノミコの忘れ形見であるマヨワ(このとき若干七歳)が、アナホノミコと母親との会話を聞いてしまいます。まだ幼いマヨワでしたが、アナホノミコの寝所に忍び込み、アナホノミコの首をはねて逃げていきます。古事記の中で暗殺された天皇はアナホノミコ以外にはいません。

ナガタノオオイラツメは、古事記の系譜をたどっていくと、アナホノミコの同母姉にその名が見つかります。もし同一人物だとすると、同じ母をもつ妹と通じた兄のキナシノカルノミコから皇位継承権を奪ったアナホノミコでしたが、自身も近親相姦のタブーを犯していることになります。古事記が近親相姦におおらかということがわかります。日本書紀では妹のみが伊予に流されており、また、太子も暴虐であったとされています。また、ナガタノオオイラツメは、履中天皇の娘となっています。

神話・伝承との類似性

自分の母親とは知らずに結婚した話も

ギリシア神話にも多くの近親相姦の話が出てくる。実の父をそうとは知らずに殺害し、その妻と自分の母とは知らずに結婚したオイディプスや、父に恋した挙げ句、自らの素性を隠して父と交わり、子までもうけたキュプロス王女ミュラなどのエピソードが有名。

日本書紀との違い

天皇のゴシップにも興味津々の古事記

古事記は、「どの天皇の時に、どのようなことがあったか」を、時にはモラルを疑わせるほどに人間性豊かに物語っている。一方、律令政府(太政官《だいじょうかん》)による正式の歴史書である日本書紀は、人間の理想型を表現する傾向にあって、タブーにも厳しい書き方をしている。

ツブラオオミの忠誠とマヨワの最期
オオハツセの殺戮

舞台 大和国《やまとのくに》
時期 伝説の時代

マヨワ出てこい！
ギギギギ
ツブラ
オオミ
マヨワを渡せ！
御子……
私を頼って逃げてこられた王子《みこ》なのです
たとえ死んでも見捨てることはいたしません
ツブラオオミ
攻めろ！
マヨワ様
お守りしようと思ったのですが傷も深く矢も尽きました
いかがいたしましょう…
マヨワ
……
どうしようもないですね
僕を死なせてください
王子さま…
うん
…っ

荒ぶる少年オオハツセ

古代中国の歴史書『宋書《そうじょ》』『梁書《りょうしょ》』などの記述をまとめると、倭国《わこく》（古代の日本）には讃《さん》・珍《ちん》・済《せい》・興《こう》・武《ぶ》という五人の王がいて、それぞれ中国の王朝に朝貢（使者を派遣して貢物をさし出し、その見返りをもらう外交）したことになっています。これを「倭の五王」といいます。古事記、また日本書紀には天皇が中国に朝貢したという記述はありませんが、倭の五王とは五代にわたる天皇のことを指し、讃は応神《おうじん》天皇あるいは履中《りちゅう》天皇、珍は仁徳《にんとく》天皇あるいは反正《はんぜい》天皇、済は允恭《いんぎょう》天皇、興は安康《あんこう》天皇、武は雄略《ゆうりゃく》天皇のことだと見られています。この五代の天皇の中でも、最も劇的な経緯で天皇に即位したのが雄略天皇（オオハツセワカタケル。「タケル」が倭王「武」と結び付けられる根拠）です。

兄のアナホノミコ（安康天皇）がマヨワに暗殺されたことを知ったオオハツセは、別の兄であるクロヒコのもとを訪れて対応を協議しようとしました。しかし、クロヒコは大君で自分の兄でもあるアナホ天皇が殺されたというのに何もしようとしません。怒ったオオハツセは、クロヒコを斬殺してしまいます。次にオオハツセはもう一人の兄シロヒコのもとへ行きますが、こちらも無関心な態度をとったので襟首をつかんで引きずり倒し、穴を掘って生き埋めにしました。シロヒコは腰まで埋められたところで、土に身体が圧迫されて目玉を飛び出させて死んでしまった、とリアルな描写がされています。

人物クローズアップ

オオハツセ（雄略天皇）

兄であるアナホノミコ（安康天皇）の仇を討つために立ち上がり、その際に消極的な態度をとった二人の兄（クロヒコ、シロヒコ）を斬殺した果断な人物。残忍な性格と知られ、人々からも恐れられていた。埼玉県行田《ぎょうだ》市にある稲荷《いなり》山《やま》古墳から出土した鉄剣に刻まれた「獲加多支鹵大王（ワカタケルノオオキミ）」の銘は、この雄略天皇のことだとする説が有力。

マヨワ

アナホノミコ（安康天皇）に殺されたオオクサカノミコの子。七歳。アナホノミコが実の父を殺したことを知り、暗殺した。

少年と忠臣の最期

さて、アナホノミコ殺害犯の少年マヨワは、ツブラオオミの館に逃げ込んでいました。オオハツセは兵を率いてツブラオオミの館を包囲します。

ツブラオオミはかねての約束通り自分の娘をオオハツセに土地を添えて差し出しますが、自分を頼ってきたマヨワを見捨てることはできないと、オオハツセへの服従は拒否しました。戦い続けたツブラオオミですが、ついに刀も矢も尽き果ててしまいます。そこでマヨワは自分を殺すようツブラオオミに命じます。マヨワを刺し殺したツブラオオミは、自らもまた首をはねて壮絶な最期を遂げました。父を殺され、復讐を遂げた少年と、少年を守った忠臣の生き様が心を打つ物語です。

ホムダワケ（応神天皇）の時代に論語が伝わってきたと古事記は記しています。オオサザキとウジノワキイラツコは父の遺言と長幼《ちょうよう》の序《じょ》（年長者と年少者の序列）から皇位を譲り合い、イワノヒメは臣下の無礼を赦《ゆる》さずに処刑しています。古事記も下巻の時代になると儒教的な価値観がにじみ出てくるようになりました。オオハツセとマヨワ、二人の皇族少年を前にツブラオオミは、オオハツセには娘を献じ、また最後までマヨワに味方して忠義に徹しています。それでも、この少年を守るツブラオオミの姿は道徳の理屈を越えて、一人の人間の生き様として寸描されています。

神話・伝承との類似性

類

世界各地の神話にみられる「兄殺し」

自分の兄を殺害するエピソードは、神話の中では珍しくない。北欧神話では主神オーディンの息子たちが兄殺しをしている。オーディンの義兄弟ロキにそそのかされた盲目のヘズは異母兄のバルドルを殺し、そのヘズはヘズを殺すためだけに生まれた異母弟のヴァーリによって復讐された。

日本書紀との違い

違

マヨワとツブラオオミは焼き殺された？

古事記ではツブラオオミがマヨワを殺して自害したことになっている。しかし日本書紀には「オオハツセは娘を差し出して赦しを乞うたツブラオオミを赦さず、館に火をかけてマヨワともども焼き殺した」と書かれており、彼の非道な性格がより強調されている。

獰猛《どうもう》なオオハツセと逃げる兄弟
イチノヘノオシハ暗殺

舞台　近江国《おうみのくに》・播磨国《はりまのくに》

時期　伝説の時代

近江《おうみ》に立派な鹿がいるそうだ狩りに行かないか?
君も元服したことだし
イチノヘノオシハ
オオハツセ
皇位継承候補の二人は狩りに出かけた
起きろオオハツセ!
夜は明けたぞ狩りに行こう
なんて人だ
王子お気をつけください
あぁ…
やっと来たか
遅いぞオオハツセ
死ね
!?

屍骸は跡形もなく埋めてしまえ
はっ
王子様たち！大変です！
父王様が！
オケ
ヲケ
早くお逃げください
わ、わかった！
疲れたろう
食事にしよう
ガキどもいいもの持ってるじゃねえか
よこしな
あっ
何するんだ！
食べ物は惜しくないが名くらい名乗れ
山城《やましろ》の猪飼《いかい》だ
兄さん！
さあもっと遠くまで逃げるぞ
こうして二人は逃げ延び播磨《はりま》国のシジムという人のもとで牛飼、馬飼として身を隠した

天皇の御子を根絶やしにするオオハツセ

キナシノカルノミコは皇位継承権を剝奪された上に追放（のちに実妹と心中）、アナホノミコ（安康《あんこう》天皇）はマヨワが暗殺、クロヒコとシロヒコはオオハツセに殺され、オアサヅマワクゴノスクネ（允恭《いんぎょう》天皇）の御子たちのうち、残ったのはオオハツセだけになりました。

一方、オアサヅマワクゴノスクネの兄、オオエノイザホワケ（履中《りちゅう》天皇）の皇子に、オオハツセの従兄にあたるイチノヘノオシハがいました。この皇子とオオハツセが皇位継承者候補になったのです。

オオハツセによるイチノヘノオシハ殺しの物語は、近江《おうみ》（現在の滋賀県）を舞台に、狩りの場で展開されます。到着した二人がそれぞれ別の仮宮《かりみや》を建てて泊まった翌朝、イチノヘノオシハがオオハツセを訪ねて誘ったことがきっかけとなります。オオハツセの家来たちの忠告から、いきなり矢を放って殺してしまうのです。

この物語の特異なところは、イチノヘノオシハの体を切り刻んで飼葉桶《かいばおけ》に入れ、墓や塚も築かずに地面と等しく埋めてしまうところ。クロヒコ・シロヒコ殺害の場面もそうでしたが、このころのオオハツセの行動には激しい情動が見られます。日本書紀ではこのころのオオハツセを「童男《おぐな》」と表現しています。まだ荒ぶる少年ということで、どこかヲウス時代のヤマトタケルを思わせま

人物クローズアップ

イチノヘノオシハ

オオエノイザホワケ（履中《りちゅう》天皇）の第一皇子。オオハツセの父親に近いくらいの年長者。あっさり殺されてしまうが、オオハツセを朝狩りに誘う場面などに、豪快な性格がうかがわれる。

オケとヲケ

殺されたイチノヘノオシハの二人の息子。父がオオハツセに殺されたことを知り、播磨国（兵庫県）で牛飼い・馬飼いに身をやつして少年時代を過ごした。国司を迎えた宴で舞を披露し、自らの素性を明かした。兄のオケはのちの仁賢《にんけん》天皇で、弟のヲケはのちの顕宗《けんぞう》天皇となる。

す。

落ち延びる二王子

クロヒコ・シロヒコの殺害動機は、兄のアナホノミコ殺害に対する無関心というところで説明がつきますが、イチノヘノオシハ殺害に至っては、すでにマヨワの騒動は落ち着いていて、古事記には殺害動機を明確にしていません。この後オオハツセが即位して雄略《ゆうりゃく》天皇の時代の物語となる（→「神との遭遇」170頁）ところを見ると、例によって王者が誕生する前の荒ぶる姿を描いたものなのかもしれません。しかしこれらの場面は、実際に殺害や人間の死を目の当たりにしていた人々によって描かれたもので、だからこその生々しさがあるのだと思います。

さて、イチノヘノオシハには、オケとヲケという二人の王子がいました。父が殺されたという報せを聞いた二人は逃亡をはかります。逃げる途中、山代《やましろ》（現在の京都府）で、かれい（米を干した携帯食）を強奪される迫害を経て、針間《はりま》（播磨。現在の兵庫県）へおちのびます。そこで馬飼い、牛飼いとして働くことになりました。ここに登場した二人の王子が、後に物語の中心人物となって活躍するので、伏線となっているわけです。古事記下巻は、天皇の時代ごとに区切られてはいますが、時代を越えた一連の大きな流れをもって構成されていることがわかります。

解 なるほど古事記

中巻と下巻では皇位継承が変化する

古事記の中巻と下巻では、皇位継承の仕方が異なる。中巻では父から子に継承されているが、下巻になると、兄から弟へ継承されていくようになる。この継承法の方が古い形で、中巻は後代にいくつかの系譜をもとにして再編されたものと考えられる。

違 日本書紀との違い

憎い奴の家来まで殺したオオハツセ

日本書紀によれば、イチノヘノオシハには、サエキベノナカチコという舎人《とねり》（使用人）が仕えていた。

オオハツセは主人の遺骸にとりすがって泣くサエキベノナカチコも斬り殺して同じ穴に埋め、イチノヘノオシハの御陵（お墓）を築かせなかったという。

雄略《ゆうりゃく》天皇の意外な一面
神との遭遇

舞台　大和国《やまとのくに》
時期　伝説の時代

初瀬《はつせ》の朝倉宮《あさくらのみや》
雄略《ゆうりゃく》天皇となったオオハツセ
葛城《かずらき》で狩りをしていた時のこと
うわあっ
助かった…
た
結構おちゃめな性格である
またある時葛城山へ登ると
そこで私たちの真似をする者は誰だ!?
そこで私たちの真似をする者は誰だ?
そっくりな人物に出会った
名を名乗れ!
ワタシは 悪事も一言 善事も一言で言離つ 葛城のヒトコトヌシの 大神である
恐れ入りました
その後葛城山の神とは仲良くなったようだ
送ってあげよう
ありがとうございます

ある時 オオハツセは
狩りに出て
美少女と出会った
お前
可愛いな……
家と名前を
教えてくれる
よな？
私はヤマトの国を
治める者だ
引田部《ひけたべ》の
アカイコと
申します
アカイコ
そうか
どこにも
嫁ぐなよ
いずれ
迎えに来る
はい
そうして
その場を立ち去った
さて、長い年月が経ち
お迎えは
まだかしら…
さすがにもう
待てないわ
大君
面会です
昔、迎えにくるから
結婚するなと
おっしゃったじゃ
ないですか
？
あ！
あの時の！
はい
ずっと待っていて
くれたんだな
ちゃんと
責任をとる…
のは無理だが…
抱いて
あげられない
代わりに
これを授けよう
優しい面もある
オオハツセであった

猪を怖がり、神様に恐縮する雄略天皇

同世代の皇族を次々に亡き者にして、オホハツセが皇位を継承しました（第二十一代雄略《ゆうりゃく》天皇）。即位前のエピソードからは、オオハツセの残虐性が浮かび上がりますが、古事記では即位後のオオハツセのうってかわった姿を描いています。

ある日、オオハツセが葛《かつら》城《ぎ》山《やま》へ登って狩りをしていたときのこと。大きな猪が現れたので矢を射かけますが、怒った猪の鳴き声に驚いて逃げ出してしまいます。オオハツセは難を逃れるために高い木によじ登り、「いかれる猪から逃れて登った木の枝よ」といった内容の歌を詠んだといいます。また、神に出会った話もあります。神に出会ったときは、お供の者たちにみな赤い紐をつけた祭祀用の青摺《あおずり》の服を着せていました。すると、それと着ている服も人数もまったく同じ一行に出会い、無礼者めと弓矢を構えるあたり、かつての強気な性格が見えます。しかし名前を尋ねると、「私は悪事も一言、善事も一言、言い離って解決する神。葛城のヒトコトヌシの大神だ」と答えられ、相手が神様だとわかったオオハツセはすっかり恐縮してしまいます。非礼を詫び、自分の大刀や弓矢、お供の者たちが着ていた衣服まで献上するところに、あの乱暴者の姿はありません。

下巻では神様が現れるのはここだけです。人間のドラマが描かれていること

人物クローズアップ

ヒトコトヌシノカミ

葛城山中でオオハツセと出会った神様。葛城山の麓《ふもと》にある一言主神社では、オオハツセとともに御祭神として祀られている。何事も一言でいいあらわす託宣神で、大国主神の子コトシロヌシと同一視されることもある。

アカイコ

大和を本拠とする引田部《ひけたべ》氏の女性。少女時代にオオハツセと出会い、嫁がずにいれば宮中に迎え入れるという約束を守って八十年も結婚せずにいた。再会を果たしたものの、オオハツセから結婚はできないといわれ、その代わりに歌を贈られた。

が古事記下巻の特徴ですが、それにしてもなぜオオハツセの時代にだけ登場するのでしょうか。

神に近い？　雄略天皇の姿

オオハツセがアカイコと出会い、結婚の約束をしたまま八十年。オオハツセを訪ねたアカイコは老婆になっているのですが、オオハツセに年老いた様子は見られません。不老不死のように描かれています。

葛城山の狩りの話の前に、吉野に出かけ、童女と出会った話があります。ここでオオハツセは、琴を弾いて童女に舞わせています。このときの歌では、「神の御手もち弾く琴」と表現されています。ヤマトタケルが神に近い存在として描かれていたように、即位後のオオハツセもまた、神に近い存在として伝えられていたのでしょう。吉野に行った際には、オオハツセは狩りに出かけ、アキヅ島（日本の別名）の地名起源的エピソードと歌を残しています。また、舒明《じょめい》天皇（天武《てんむ》天皇の父）から淳仁《じゅんにん》天皇（天武天皇の孫）までの時代の歌を集めたのが古事記と並ぶ古典『万葉集』ですが、その冒頭の歌は、オオハツセが乙女に求婚する歌で始まっています。奈良時代の人々にとって、最も近い始祖的な伝承をもつ天皇だったのだと思われます。神と交流するオオハツセの姿はそういう伝承と結びついて、人の世を描いた下巻の中に特別に物語られているのでしょう。

解 なるほど古事記

万葉集の最初の歌はナンパの歌？

万葉集巻一の巻頭歌は、若菜を摘む乙女に天皇が家柄と名を尋ねる歌。これは求婚の歌であるが、始祖的な天皇と神事に携わる乙女との聖婚としての意味もある。二番目の舒明天皇の国見歌と合わせて万世に栄えることを言祝《ことほ》ぐのだ。だから『万葉集』（よろず世の集）というのである。

違 日本書紀との違い

天皇の人徳の高さを強調するお話に

葛城山での話は、ヒトコトヌシはオオハツセと一緒に狩りを楽しんだことになっており、天皇が神様とも対等の立場、天皇が神様と話をするほど徳の高い人物であることが強調されている。

なお、日本書紀では木によじ上った臆病者はオオハツセではなくお供の者だった。

二王子の発見 オケとヲケ

舞台 播磨国《はりまのくに》

時期 伝説の時代

播磨国《はりまのくに》
いそげ！
いそげ!!
新しい国司様がいらっしゃるぞ
宴会だ
宴会だ
せっせっ
せっせっ
いらっしゃいませ国司様
うむ
さあ飲め歌え舞え
オダテ
シジム
お顔の色が優れませぬな
お世継ぎのことでな
大君には御子がなく亡くなられた今はイチノヘノオシハの妹君が仮に治めていらっしゃるが
このままではいかんなんとかせねば
？
どうした？

それがシジム様
笑ってください
火の番を させた馬飼 牛飼の子ども たちですが
兄よ弟よと 踊る順番を 譲り合って まるで 教養ある者の ようなんです
身分に合わなくて おかしいじゃ ありませんか
お 決まった ようだ
すっ
次は 弟の方だ
物部《もののふ》の我《わ》が夫子《せこ》が
取《と》り佩《は》ける
大刀《たち》の手上《たかみ》に
丹《に》画《か》き著《つ》け
その緒《を》は
赤幡《あかはた》を載《の》せ
赤幡《あかはた》を立《た》てて見《み》れば
五十《い》隠《かく》る
山の三尾《みお》の
竹《たけ》をかき刈《か》り
末《すゑ》押し靡《なび》かすなす
八絃琴《やつをのこと》を調《しら》べたること
天《あま》の下《した》治《おさ》め賜《たま》ひし
イザホワケ天皇《すめらみこと》の御子《みこ》
市辺《いちのへ》のオシハの王《みこ》の
やっこ末《すゑ》
？
…はっ⁉
ポロッ
ここれは オケ様 ヲケ様 大変失礼 致しました
おい シジム 大君の宮に連絡だ
何と 甥たちが… 生きていたのですね
天下を治める 貴い血筋の男子が 見つかって よかったです
すぐに都に 上らせなさい
イイトヨノミコ

古事記では定番の物語のパターン

国文学者の折口信夫《おりくちしのぶ》は、「山椒大夫《さんしょうだゆう》」のような中世の語り物に見られる「出自の貴い人間が、何かのきっかけで不運な境遇に陥り、その結果として流浪の身となってしまう」という物語のパターンを「貴種流離譚《きしゅりゅうりたん》」と名づけました。このパターンは物語分析をするときに大変応用が利きます。例えば『源氏物語』の光源氏は女性問題が原因で明石へ下り、不遇な生活を余儀なくされます。しかし赦《ゆる》されて帰京したあとは出世し、准太上天皇《じゅんだいじょうてんのう》までに上りつめるという話には、貴種流離譚の構造が読みとれます。

古事記には、貴種流離譚のパターンがたくさん見られます。高天原から追放されたスサノオ。そのスサノオに根の国で試練を受けた大国主神。兄のウミサチヒコから借りた釣針をなくしてしまったため、小舟に乗って海神の宮へ赴いたヤマサチヒコ。兄のオオウスを殺害してしまったために父のオオタラシヒコ（景行天皇）から恐れられ、九州のクマソタケルの討伐を命じられたヤマトタケルなど、枚挙にいとまがありません。そして本書ではそれらを「王の誕生の物語」と呼んできました。

古事記下巻にも、典型的な貴種流離譚が見られます。代表的なものが、このオケとヲケの物語です。すでにその物語の発端はオオハツセ（雄略《ゆうりゃく》天皇）の若い時の物語に見えています（→「イチノヘノオシハ暗殺」166頁）。オオハツセ

人物クローズアップ

ヲケ（顕宗《けんぞう》天皇）

イチノヘノオシハの御子。父に似て性格がやや激しい。

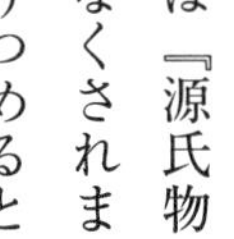

オケ（仁賢《にんけん》天皇）

ヲケの兄。温厚な性格でオオハツセ（雄略天皇）の娘と結婚しオハツセノワカサザキ（武烈《ぶれつ》天皇）が生まれる。

神話・伝承との類似性

十二の試練に立ち向かい流浪の旅をした英雄

世界の神話に見られる数々の貴種流離譚の中では、ギリシア神話の英雄ヘラクレスの物語が有名。ゼウスの子として生まれながら、嫉妬したゼウスの妻ヘラのさしがねで十二の試練を乗り越える旅に出る。ヘラクレスは死ぬが、

の御代の物語を越えて、続きが語られます。

貴種流離譚も古事記の仕組みの一つ

オオハツセの御子、シラカノオホヤマトネコ（清寧《せいねい》天皇）には御子がいませんでした。その崩御をもってオアサヅマワクゴノスクネ（允恭《いんぎょう》天皇）の男系は絶えてしまいます。そこでイチノヘノオシハの妹、イイトヨ女王が皇位を預かることになりました。そこでマンガで紹介したような物語となり、皇位継承者が発見されたのです。

天皇の孫という「貴種」。オオハツセによって父を失う悲劇。そして畿外（「都の近く」の外という意味）に虐げられながら流れてゆく「流離」。流離先では、安寿《あんじゅ》と厨子王《ずしおう》（『山椒大夫』）ほど過酷な運命は待っていませんでしたが、牛飼い・馬飼いという低い身分にまで堕ちてしまいます。

埼玉県行田《ぎょうだ》市稲荷山《いなりやま》古墳《こふん》出土《しゅつど》鉄剣《てっけん》の銘文にある「ワカタケル大王」がオオハツセワカタケルノミコと結びつけられるように、この時代は実際の歴史との関係が色濃い時代の物語です。オケとヲケが皇位継承者として「発見」された事実があったかどうかはわかりません。貴種流離譚のパターンは古事記にあって、「王の誕生の物語」として劇的効果を与える仕組みの一つです。史実であるかではなく、このように物語的に盛り込むことにとって、皇位継承者の誕生を演劇のような構想力で語るのが、古事記の選んだ歴史の伝達方法なのです。

天界に迎えられて神となった。

違 日本書紀との違い

前の大王に温かく迎えられたオケとヲケ

日本書紀によれば、オケとヲケが発見された時、シラカノオホヤマトネコ（清寧《せいねい》天皇）はまだ健在だった。子がなかったシラカノオホヤマトネコは喜び、使者を送って二人を迎え入れる。そしてオケを皇太子に、ヲケを皇子にしたと書かれている。

解 なるほど古事記

近代化された山椒大夫

森鷗外の『山椒大夫』は中世の語り物文芸である説経節《せっきょうぶし》を原作とする。説経節では安寿が拷問にあって死ぬなど残虐な場面が多い。鷗外はショッキングな場面を穏やかに直して、近代人らしい人間の物語として小説化したのだった。

彼女を求めて歌合戦

恋愛遊戯 歌垣《うたがき》

舞台 大和国

時期 伝説の時代

古代、さかんに行われていた歌垣

古事記の中には多くの歌が出てきます。特に中・下巻では、歌によって物語が進行する場面が多く見られます。歌が物語に劇的な効果を与えているのです。オケとヲケのエピソードの中にも、歌が重要な役割を果たしているシーンがあります。一つはマンガにもあるように、国司として赴任したヤマベノムラジオダテの前で舞と歌を披露して、「我こそはイチヘノオシハの末子である」と名乗り出た場面（これを歌と認めない説もありますが、舞をともなう芸能の一部として歌と捉えておきます）。もう一つは、オケとヲケが都へ戻った後に開催された歌垣の場面です。

歌垣というのは、毎年決まった時期に男女が山野や海辺などに集まり、飲み食いをしながら歌をかけ合う行事で、歌のやりとりを通して男性が女性に求婚することもありました。この歌垣の場で事件が起こります。

ヲケはかねてからオウオという女性に求婚していたのですが、シビが歌垣で

人物クローズアップ

ヲケ（顕宗《けんぞう》天皇）

都に帰還したヲケはその後、豪族のシビと激しく争うようになる。歌垣の場で一人の女性をめぐって求婚の歌を贈り合っていたが、最終的にはシビを攻め滅ぼしてしまう。

オハツセノワカサザキ（武烈《ぶれつ》天皇）

仁賢天皇の御子。日本書紀には「人の生爪をはいで芋を掘らせた」「裸にした女性を板の上に座らせて馬の交尾を見せ、板が濡れていたらその女性を殺した」など、数々の異常行動が記されている。

オウオに求婚の歌を贈ったのです。シビは「宮廷の者が、朝は朝廷に集まりながら昼はシビの門に集まる」といわれるほどの権勢者です。ヲケとシビは激しく張り合って、歌を夜通しで詠み交わします。シビが「宮殿が傾いて倒れそう」（播磨から出てきた子のせいで国が傾く）と挑発すれば、ヲケは「大工の腕が悪いからだ」（臣下が悪いのさ）と返し、さらにシビが「大君はだらしないので垣根の中に入れない」と攻めれば、ヲケは「波をみているとシビ（鮪）の脇に妻がいる」とかわし、相手にされずに怒ったシビが「大君の垣根なんてボロボロじゃないか」と重ねても、「大魚（オウオ＝彼女の名をかける）はいいね。それが離れていったら、漁師に刺される鮪はさびしいだろうね」とかわし続けて勝負がつきません。その後、ヲケはオケと相談して兵を集め、シビを殺してしまいました。

日本書紀では別の時代のエピソードに

この歌垣の話は、日本書紀では形を変えて、ヲケではなく兄オケ（仁賢《にんけん》天皇）の御子・武烈《ぶれつ》天皇のエピソードとして書かれています。皇太子だった頃の武烈天皇は、物部麁鹿火《もののべのあらかい》という豪族の娘・影媛《かげひめ》に求婚しようとしますが、すでに影媛は真鳥《まとり》大臣の子・平群鮪《へぐりのしび》と寝て心を通わせていたため、武烈天皇は歌垣で鮪との歌合戦に敗れてしまいます。怒った武烈天皇は、家来に命じて鮪を殺させ、さらには父親の真鳥大臣も討伐してしまいました。

神話・伝承との類似性 類

宮廷の行事として行われた歌垣

古事記以外の古代の書物『万葉集』や『風土記』にも、歌垣のことが書かれている。春の耕作始め、秋の収穫祝いの祭事として男女が山に登り、歌を詠み合ったという。これは中国から入ってきた正月の儀礼と合体し、奈良時代には宮廷の行事となっている。

日本書紀との違い 違

歌垣に負けたせいで女性不信になった？

本文でも紹介したように、この歌垣の場面は古事記と日本書紀では登場人物も、皇子が勝つか負けるかという展開も異なる。歌垣で負けて失恋したことが原因なのだろうか、武烈天皇は女性に対してずいぶん屈折した気持ちをもってしまったようである。

ヲケの復讐、オケの説得
御陵の土

舞台　大和国《やまとのくに》
時期　伝説の時代

父の仇への復讐を思いとどまったヲケ

即位したヲケ（顕宗《けんぞう》天皇）が最初に行ったのは、墓や塚も立てずに埋められてしまった父イチノヘノオシハの遺骨を探し出すことでした。埋葬場所を探し当てたヲケは、父の御陵《みささぎ》を築いて手厚く葬りました。御陵というのは、天皇や皇后など皇族のお墓です。

ヲケは、父が殺されるきっかけを作った者の子孫に御陵の番をする役目を命じたり、逃亡の途中で食糧を奪っていった山城《やなしろ》の猪飼《いかい》（↓「イチノヘノオシハ暗殺」166頁）を探し出して一族の膝の筋を斬るなど、かつて自分たち兄弟を虐げた者たちに復讐していきました。さらにヲケは、父の仇であるオオハツセ（雄略天皇）の御陵を破壊しようとします。その役目を引き受けたのは兄のオケでしたが、御陵のそばの土をわずかに掘っただけで帰ってきました。ヲケは兄を責めましたが、オケは「父の仇だが我々の父のいとこであり、ましてや天皇だ。その御陵をすっかり破壊しては後世の人々から非難される。後世に復讐

人物クローズアップ

イイトヨノミコ

イチノヘノオシハの妹。あくまで天皇の代理として天下を治めたことになっている。しかし古事記や日本書紀よりも後に書かれた歴史書などでは、「飯豊《いいとよ》天皇」「清貞《せいてい》天皇」などと書かれている。日本で最初の女帝は推古《すいこ》天皇とされているが、そのさきがけとなった人物といえるだろう。

ヤマベノオダテ

地方長官として赴任した先でオケとヲケを「発見」し、感激のあまり涙を流した。

の志を示すならこれで十分」と諭しました。大王としての徳を説く兄の言葉にヲケも納得し、それ以上の破壊は思いとどまりました。

再び系譜だけの記述へ

ヲケの崩御後はオケが即位（仁賢《にんけん》天皇）し、これ以降古事記は系譜を記すだけとなります。日本書紀には、仁賢天皇の御子、武烈《ぶれつ》天皇の事跡をはじめ、蘇我氏と物部氏の争い、聖徳太子の事跡（→「聖徳太子の政治」192頁）など、さまざまな事件を記録しているのに、古事記がそれらを一切カットしているのは不思議に見えます。古事記にはトヨミケカシキヤヒメ（推古《すいこ》天皇）時代まで記されていますが、推古天皇の夫でもあったヌナクラフトタマシキ（敏達《びだつ》天皇）から孫の代まで伸びる系譜があって、そこに「岡本宮治天下之天皇」の名が見えます。これが中大兄皇子《なかのおおえのみこ》（→「乙巳《いっし》の変」196頁）や大海人皇子《おおあまのみこ》（→「壬申《じんしん》の戦い」200頁）の父、オキナガタラシヒヒロヌカ（舒明《じょめい》天皇）にあたります。つまり古事記は、国土創世の太古から天武天皇の親の時代までの系譜を示して、天武天皇が大八島を治める権利の由来を語っていることになります。中巻で神々の時代と歴史の時代の間に「欠史八代」を置いたことを見れば、仁賢天皇以降の系譜も天智天皇の時代と古い伝説の時代との間に「長い時代」があることを表していると考えるのがいいでしょう。だからこそ、この書物は「古」い時代の出来「事」を「記」したものなのです。

解 なるほど古事記

すぐ後に再び訪れた皇統断絶の危機

清寧天皇でオオサザキ（仁徳天皇）以来の皇統が途切れるところだったが、オケ・ヲケ兄弟によってかろうじて保たれた。しかしオケ（仁賢天皇）の子オハツセワカサザキ（武烈天皇）が御子のないまま崩御したため、ホムダワケ（応神天皇）から五代目の孫オオド大公王がオケの娘と結婚して即位することになった（継体天皇）。

違 日本書紀との違い

イイトヨノミコの結婚エピソード

イイトヨノミコは一度だけ夫（誰かは不明）と交わってこういったそうだ。「一度女であることがわかったから、あとは皆同じでしょ、もう男と交わろうとは思わない」。日本書紀にあるエピソードである。

一言で神託をなす言霊《ことだま》の神様

ヒトコトヌシノカミ

何でも叶えてくれるが、願いごとは一言だけ

古事記下巻は人間のドラマを描いたパートなので、基本的に神様は登場しませんが、唯一登場する神様がこのヒトコトヌシです。

オオハツセとのいがみ合い（↓「神との遭遇」170頁）も一言名乗っただけで収めてしまったことから、ヒトコトヌシは一言で吉凶を言い放つ託宣《たくせん》の神、あるいは言霊《ことだま》の神とされています。「一言願えば、良き事につけ、良からぬ事（病気や災難、心配ごとなど）につけ、良く聞き分けて御利益を授けてくれる神」として、古くから信仰されてきました。

ヒトコトヌシを祭神として祀っている奈良県御所《ごせ》市の葛城一言主《かつらぎひとことぬし》神社では、一言願えばどんな願いでも叶えてくれる神様とされ、地元の人からは親しみを込めて「いちごんさん」と呼ばれています。その代わり、一言「だけ」しか叶えてくれないので、参拝の際は願いごとは一言しか口にしてはいけないことになっています。

使い走りに身を落としたヒトコトヌシ

古事記では天皇より上の存在とされ、日本書紀では天皇と同格の存在とされたヒトコトヌシですが、後の時代になるとその扱いは悪くなります。日本書紀よりも後になって書かれた『続日本紀《しょくにほんぎ》』には、「高鴨神《タカカモノカミ》」の名で、「昔、雄略天皇と狩りの獲物を争って天皇の怒りに触れ、土佐（現在の高知県）に流された」という話を伝えています。同様に日本書紀よりも後の『日本霊異記《にほんりょういき》』では、修験道の開祖である役小角《えんのおずぬ》によって使役される鬼神の一柱、つまり使い走りの神様となっています。

養蚕と穀物の女神となった

オオゲツヒメ

スサノオにちょっと気持ち悪いおもてなし

高天原から追放されたスサノオが、食べ物をくれないかと頼んだ女神がオオゲツヒメです。「ケ（ゲ）」とは食事のことです。次々出てくる料理に不審を抱いたスサノオが料理する様子をのぞいていると、オオゲツヒメが口や鼻、尻からさまざまな食材を取り出しては料理するというすごい光景を見てしまいます。自分が食べる食事をオオゲツヒメがわざと汚したのだと思ったスサノオは、怒ってオオゲツヒメを斬り殺してしまいました。

すると、オオゲツヒメの頭からは蚕《かいこ》が、目からは稲の種が、耳からは粟《あわ》が、鼻からは小豆《あずき》が、陰部からは麦が、そして尻からは大豆が出てきました。その様子を天界から見ていたカムムスヒが、これらを取って地上に授けました。これが蚕と五穀のはじまりということです。オオゲツヒメは養蚕の神様、あるいは殺された後に種を残したことから、秋に刈り入れられた後も来年に種をまくことで再生産される穀物をつかさどる神様となりました。

世界各地にある食物起源神話

スサノオに殺されてしまったオオゲツヒメですが、蚕や穀物となって復活しました。このように、一度殺害された者のなきがらの各部から穀物や芋といった栽培することで再生する植物が生じ、それが食物の起源になったという神話は、東南アジアをはじめ中南米、オセアニア、アフリカなど世界各地に伝わっています。なお日本書紀では、スサノオとオオゲツヒメではなく、口から食材を吐き出して食べさせようとした保食神《ウケモチノカミ》をツクヨミが斬り殺すという別の話として書かれています。

古事記ゆかりの地へいこう

第四章で登場したオオハツセをはじめ、オオサザキやキナシノカルノミコなどのゆかりの地をご紹介。

大阪府大阪市中央区

大阪《おおさか》歴史《れきし》博物館《はくぶつかん》

大阪市の「難波宮跡と大阪城公園の連続一体化構想」の一環として、大阪市と日本放送協会の共同で「大阪市立新博物館」と「考古資料センター」双方の構想を統合して建設されました。博物館の地下からは、古事記下巻の時代である5世紀頃の倉庫跡やそれらを区画する塀跡、宮廷に水を供給した水利施設といった遺構が見つかっており、倉庫などが復元されています。

▼「皇后さまの家出」150頁

奈良県葛城市

竹内峠《たけのうちとうげ》

オオサザキ（仁徳天皇）の死後、その御子たちの間で皇位継承をめぐる争いが起こります。オオエノイザホワケノミコト（のちの履中《りちゅう》天皇）は弟のスミノエノナカツミコに命を狙われますが、難波を脱出して竹内峠を通り、大和（現在の奈良県）の石上神宮へ逃れました。

奈良県御所市

葛城《かつらぎ》一言主《ひとことぬし》神社《じんじゃ》

オオハツセ（雄略《ゆうりゃく》天皇）が葛城山中で遭遇した神ヒトコトヌシを祀る神社で、全国にある一言主神社の総本社。境内にある樹齢一二〇〇年のイチョウの御神木は「乳イチョウ」と呼ばれ、元気な子を授かり母乳が良く出るようにと願う女性からの信仰を集めています。

▼「神との遭遇」170頁へ

大阪府堺市・羽曳野市・藤井寺市

百舌鳥《もず》・古市古墳群《ふるいちこふんぐん》

大阪南部、堺市の「百舌鳥」と羽曳野市・藤井寺市の「古市」の二つのエリアに分かれた巨大古墳群で、四世紀後半から六世紀前半にかけて二百基を超える古墳が築造された中、八十九基の古墳が残り、仁徳天皇陵古墳、履中天皇陵古墳、応神天皇陵古墳などの巨大前方後円墳が集中してます。これらの地域はアメノホヒの子孫、土師氏が古くから居住した地でした。また羽曳野市にはヤマトタケルの墓と伝える白鳥陵もあります。

愛媛県松山市

道後温泉《どうごおんせん》

実の妹カルノオオイラツメと愛し合うという禁忌を犯したキナシノカルノミコが流された地。カルノオオイラツメも後を追ってこの地にたどり着き、二人はここで命を絶ちました。古事記に登場することからもわかるように、日本最古の温泉地のひとつとして知られています。

▼「アナホノミコの悲劇」156頁へ

大阪府羽曳野市東部・南河内郡太子町など

河内飛鳥《かわちあすか》

大和の地名である飛鳥と区別して、河内（現在の大阪府）の飛鳥をこう呼びます。大和（奈良県）から竹内峠を越えたところにあって、ヲケ（顕宗《けんぞう》天皇）の宮があったと伝えます。一帯には、聖徳太子の廟所や敏達《びだつ》天皇、用明《ようめい》天皇、推古《すいこ》天皇の御陵などもあって「王陵の谷」とも呼ばれる古代とゆかりの深い土地です。

▼「オケとヲケ」174頁へ

エピローグ
学び語り継がれる古事記

舞台　伊勢国《いせのくに》、松坂《まつさか》

時期　江戸時代（一八〇一年）

※本居宣長に学ぶ国学者。娘の京と共に、古事記伝などを筆写した。

享和《きょうわ》元（一八〇一）年
遠くから よく来ましたね
そちらが 自慢の娘さん ですね？
京《みさと》と 申します
本居宣長 72歳
※帆足長秋《ほあしながあき》 45歳
帆足京《ほあしみさと》 15歳
学問をして わたしたちの国の 歩いてきた「道」を 知る
大切なことですよ
でも… どのように学問を 進めるべきでしょうか？
理屈や先入観を取り払い そこに書かれていることを 正しく受け止めること…
わたしはそう思って 言葉一つ一つの意味を 追い求め 古事記伝を 著しましたが
気づいたら三十七年も 経っていましたよ

先ほど先生は「道」と おっしゃいましたが
「道」とは 何なのですか?
心です
生まれながらにして持っている「心」
古事記
儒教のように 善だとか悪だとか 仏教のように 因果応報だとか
そんな理屈もなく 男として 女として 疑いも 妬みも 古事記には あるがままに 書かれています
疑いも 妬みも…
そんな中に私たちの 本来持ち合わせている 「心」が浮かび上がって くるのです
神々の時代から今まで 絶えたことのない 私たちの国が 大切に守り伝えてきた 人の姿を
まずは正面から うけとめて その後から疑うなり 理屈づけるなり すればいいのです
なるほど
…というのもまた 理屈めきますがね はっはっ
理屈 先入観から 入ってはならない という事なのですよ
それが先生の 研究の成果 なのですね
そう そして 守り伝えてきた事を こうして親から子へ 子から孫へ 伝えてゆく
伝わってゆくことでしょう 絶えない「道」が…

付章 日本書紀の時代

律令制国家の誕生

秀でた人物たちの登場により、
多くの改革がもたらされた。
都城と律令が整い
国家としての日本が誕生する。
そして、歴史が編まれるのだ。

歴史を大切にする帝王たち
古事記の成立
▼二百八頁へ

日本書紀にみる世界のはじまり
神代紀《じんだいき》

舞台　原初の空間
時期　世界のはじまり

日本書紀は「日本初の正史」

日本書紀は、養老《ようろう》四（七二〇）年に成立した日本で最初の正史（国家が編纂《へんさん》した正式な歴史書）です。およそ四十年に及ぶ国家の修史事業の末に天武天皇の御子である舎人《とねり》親王を総裁とした官人たちによって完成されました。

全三十巻からなり、ほかに系図一巻が伴われていたとされています。神話の時代から持統《じとう》天皇に至るまでの天皇の事績が、編年体《へいねんたい》（年代順に記述する方式）で、『漢書《かんじょ》』『後漢書《ごかんじょ》』『文選《もんぜん》』『芸文類聚《げいもんるいじゅう》』といった中国の古典作品など、さまざまな資料の文章を参考にして、すべて漢文で記されています。

全三十巻は神話に二巻を充てていますが、その比率は古事記に比べてずっと少なく、全体の二割程度。天皇の事績については一代一巻を立てて詳しく記しています。例外は「欠史八代」で合わせて一巻。履中《りちゅう》天皇から安康《あんこう》天皇までは二代ずつ一巻、清寧《せいねい》天皇から仁賢《にんけん》天皇までは三代で一巻、安閑《あんかん》・宣化《せんか》天皇の二代で一巻。逆に、神功《じんぐう》皇后には一巻、天武《てんむ》天皇には二巻を充てています。古事

神様クローズアップ

国常立尊
（クニノトコタチ）
最初に現れた神。国の存立を名にもつ神を最初に出すところに、日本書紀の世界観がうかがえる。

国狭槌尊
（クニノサヅチ）
クニノトコタチの次に現れた神。

豊斟渟尊
（トヨクムヌ）
原始三尊の最後に現れた神で、多くのまたの名をもつ。その中にはトヨクニヌシ（豊国主尊）とする伝えもある。

記では皇統の系譜を記すだけだった仁賢天皇以降についても、いろいろと記述しています。日本書紀の関心は神話もさることながら、歴代天皇の治世の上で大切な事柄を記録することにあり、その記述姿勢は『春秋《しゅんじゅう》』や『史記《しき》』といった中国の歴史書にならうところがあります。とはいえ、たまに神々が活躍したり不思議な出来事も記録しているところに日本らしさも見え隠れしています。

日本書紀が語る宇宙は卵から生まれた

古事記と日本書紀の違いはいくつも挙げられますが、冒頭から大きく異なります。古事記では、最初から高天原《たかあまのはら》というものがあり、そこに神々が現れ、神々のはたらきによって地上ができたことになっています。しかし、日本書紀の天地開闢《かいびゃく》神話は、宇宙はにわとりの卵のような状態だったとしています。やがて澄んで明るいものはたなびいて天となり、重く濁ったものは滞って地となりました。天となるものは動きやすく、地となるものは固まりにくかったので先に天ができ、後から地が固まりました。そして、その中から神々が生まれたのです。

天と地が分かれるというストーリーは、中国の陰陽《いんよう》思想が反映されたものといわれています。文章だけでなく、日本書紀の神話は中国の影響を大きく受けているのです。また、このような「世界が卵から生まれ出た」という神話のパターンは、アジアからヨーロッパにかけて広く分布しています。

類 神話・伝承との類似性

世界各地で語られる卵から生まれた宇宙

万物が卵から生まれたという「宇宙卵」の話は、世界各地の神話の中に見られる。ギリシアに伝わる創造神話の一つでは、女性神カオスが物質から巨大な蛇をつくり、鳩の姿になったカオスが生んだ巨大な卵を蛇が孵化《ふか》させたという。この卵の中から、万物が生じたとしている。また、フィンランドには海の中を漂う賢者ワイナミョイネンの膝に生みつけられた卵の上半分が天となり、下が土地になったと伝える叙事詩がある。これは『カレワラ』では大洋の女神に置き換えられている。中国では盤古《ばんこ》という巨人が卵の中から生まれ、天と地とを押し分けた。この話をのせる「天文訓」が神代巻の本文のベースとなっている。

いざ内政の改革 聖徳太子《しょうとくたいし》の政治

舞台 大和国《やまとのくに》、菟田野《うだの》
時期 飛鳥時代

コケー！
推古《すいこ》天皇御即位十九年 五月五日 夜明け 大和国 菟田野《うだの》――
本日 五月五日は 薬狩《くすりがり》の日です
男性陣は しっかり鹿を 狩ってきて ください
女性陣は 薬草をたくさん 摘んできて 下さいね
厩戸皇子《うまやとのみこ》（聖徳太子）
今日の皆さんの服装は 先年定めた冠の色に 合わせた色のものを 着てもらいました
冠の飾りも それぞれの身分に 合わせてもらって います
朝日の輝く中 緑の草原を駆ける 青、赤、黄、白、黒の五色に 身を包んだ皆さんの姿は 美しく映えることでしょう

さあ 狩りの始まりです
ブォォ
ブォォ
太子
大君
見事なものですね
推古《すいこ》天皇
位に合わせた色の服で身分が一目でわかります
ええ
ばらばらにお仕えしていたのを整理して
今後は身分に合わせて文書で仕事を与えるようにしてゆくつもりです
今日の薬狩は新しい世になることを一目でわからせるための行事です
ご覧になっていてください 大君 我が国を 法令と官僚が動かしてゆく 立派な中央集権国家にしてみせますよ

皇統の交代と蘇我氏の登場

仁賢《にんけん》天皇の御子オハツセノワカサザキ（武烈《ぶれつ》天皇）が御子のないまま崩御し、皇位を継ぐべき人物が見当たりません。そこで高官・大伴金村《おおとものかなむら》らは、仲《ちゅう》哀《あい》天皇の五世の孫という倭彦王《やまとひこのおおきみ》を新しい天皇にしようとしました。しかし、倭彦王は迎えに来た兵たちを見て怖れをなして逃げてしまったため白紙に。次に金村たちは、越国《こしのくに》（現在の福井県）にいた応神《おうじん》天皇の五世の孫、オオホドノミコを迎え、仁賢天皇の御子タシラカ皇女と結婚させて天皇とします（継体《けいたい》天皇）。タシラカ皇后から生まれた欽明《きんめい》天皇の時代になると仏教が伝来しています。仏教を受け入れるべきか否かで、賛成派の蘇我《そが》氏と反対派の物部《もののべ》氏という二大豪族が激しく争います。両者の対立はついに火を噴き、戦争にまで発展しますが、これに蘇我氏が勝ったことで蘇我氏は朝廷で大きな位置を占めるようになりました。

少し時が経って蘇我馬子《そがのうまこ》は崇峻《すしゅん》天皇をさしおいて実権を握り、そのことに天皇が不満を抱いていることを知って暗殺、敏達《びだつ》天皇の皇后を次の天皇に即位させます（推古《すいこ》天皇）。推古天皇は用明《ようめい》天皇の御子で甥にあたる厩戸豊聡耳皇子《うまやどのとよとみみのみこ》を皇太子に指名し、摂政《せっしょう》として政治のすべてを任せました。厩戸皇子（上宮太子《かみつみやのひつぎのみこ》とも）、この人物こそが、後に聖徳太子と呼ばれるような傑物でした。

人物クローズアップ

推古《すいこ》天皇

欽明《きんめい》天皇の皇女で、異母兄である敏達《びたつ》天皇の皇后となる。日本書紀には、崇峻《すしゅん》天皇が暗殺された後、天皇の不在という政治空白による混乱を回避するために、即位したとある。日本で最初の女帝として知られる。

厩戸皇子《うまやどのみこ》（聖徳太子）

用明《ようめい》天皇の御子で、用明天皇の同母妹である推古天皇とは叔母と甥の関係にあたる。推古天皇の摂政として、当時日本に入ってきたばかりの仏教の興隆に努めるとともに、天皇を中心とした中央集権国家体制の確立を目指した。

聖徳太子の政治は律令制のさきがけ

聖徳太子は内政の充実に力を入れます。最初に着手したのが、朝廷に仕える者の身分を冠の色で分けた冠位十二階《かんいじゅうにかい》。それまでは、朝廷の職務はそれぞれの豪族に振り分けて、各豪族がそれを世襲する形がとられていました。これを冠位という形で宮廷内の位置に応じて個人に与える形に改めたのです。これにより、宮廷内の身分秩序が明確にされ、豪族ごとに割り当てられた職務ではなく、身分に応じた職務を個人に与えて官僚機構を整える基礎ができました。

さらに、聖徳太子は憲法十七条を制定します。憲法十七条は官吏が守るべき社会的・道徳的規範を定めたもので、和を尊び仏教と儒教の思想に基づいた政治を行うことがうたわれていました。

外交面では中国の隋《ずい》との関係強化に努め、小野妹子《おののいもこ》を遣隋使《けんずいし》として隋に派遣しました。「日出ずる処《ところ》の天子、書を日没する処の天子に致す」という文面の国書は隋の皇帝を怒らせたといいますが、これは聖徳太子が大国の隋に対等外交を求めたものとされています。

これらの政策は、天皇を中心とする中央集権体制の確立を目指すものでした。刑罰（律《りつ》）と、政治を行う決まり（令《りょう》）とで天下を治めていく政治のことを律令制といいますが、聖徳太子はその第一歩をふみ出した人物だったのです。

なるほど日本書紀 解

聖徳太子の国史編纂事業

中央集権国家にとって歴史認識の共有は大切なことである。日本書紀も大宝律令《たいほうりつりょう》とセットで考えるべきだが、聖徳太子の時代にも国史が編纂されたと日本書紀に記録されている。これは乙巳《いっし》の変の時に蘇我本家とともに焼失してしまったが、一部は救出されて中大兄皇子《なかのおおえのみこ》に献上されたという。

聖徳太子のホントの名前はどれ？

聖徳太子という名は後世のもので、日本書紀には厩戸皇子と記されている。

古事記には上宮《うえつみや》之《の》厩戸《うまやとの》豊《とよ》聡《と》耳《みみの》命《みこと》と書かれている。奈良時代以降は豊耳《とよみみ》聡《と》聖徳《しょうとく》、豊《とよ》聡《と》耳法大王《みみののりのおおきみ》、法主王《のりのぬしのおおきみ》、上宮聖徳といった名称で登場する。

仕組まれた暗殺

乙巳《いっし》の変

舞台　飛鳥《あすか》板蓋宮《いたぶきのみや》

時期　皇極四（六四五）年

皇極天皇御即位四年 三韓より貢調の日
よいか 今日決行だ
うぬぼれた 蘇我鞍作《そがのくらつくり》を 亡き者にする 好機
大臣《おおおみ》が いなくなれば 主導権は 我々のものになる
倉山田石川麻呂、重要な役を任せるぞ
軽皇子《かるのみこ》
中臣鎌足《なかとみのかまたり》
中大兄皇子《なかのおおえのみこ》
蘇我倉山田石川麻呂《そがのくらやまだのいしかわまろ》
石川麻呂が上表文を 読み上げている間に 襲う
鞍作大臣《くらつくりのおおおみ》の やり方は 間違っている…
上宮太子の思い描いた 中央集権国家を 作るのは私たちだ！
門を閉ざせ
はっ
石川麻呂が 上表文を 読み出した…
いくぞ！
おかしい…
まだか まだなのか

どうした
み、皇子《みこ》さま…
急げ
どうした?
震えているではないか?
蘇我鞍作《そがのくらつくり》（入鹿《いるか》）
…大君の近くで畏れ多く…汗をかいております…
チッ
僕がやる!
やぁッ
ダッ
死ね
ぐはっ
なぜだ…
大君お裁きください!
鞍作、天子様をないがしろにした罪だ!
大君!
ザクッ

クーデターで蘇我宗家を排し、大化改新へ

推古《すいこ》天皇の治世は三十五年にも及び、その間に摂政の上宮太子も亡くなってしまいました。次の天皇の有力候補は、聖徳太子の子・山背大兄王《やましろのおおえのおう》と、敏達《びだつ》天皇の孫・田村皇子《たむらのみこ》でした。推古天皇が崩御すると、結局は田村皇子が即位したのですが（舒明《じょめい》天皇）、舒明天皇も崩御すると再び皇位継承争いが起こり、結局舒明天皇の皇后が女帝として即位します（皇極《こうぎょく》天皇）。

この頃から、蘇我宗家《そがそうけ》（本家）の振る舞いが目に余るようになります。馬子《うまこ》の子蘇我蝦夷《そがのえみし》は朝廷に許可なく大臣の冠を子の入鹿《いるか》に譲ったり（冠を譲ることは位《くらい》を譲ることを意味します。位は朝廷から与えられるものでした）、入鹿は自分たちの墓を「陵《みささぎ》（天皇の陵墓のみに使われる呼称）」と呼ばせたり、新たな屋敷を建て、それを「宮門《みかど》」と呼ばせたり、天皇をないがしろにするようになったと日本書紀は伝えます。

このような状況に対する不満分子が皇極天皇の弟軽皇子《かるのみこ》のもとに集まり、その中心となった中臣鎌足《なかとみのかまたり》は舒明天皇の御子、中大兄皇子《なかのおおえのみこ》に近づき、蘇我氏の分家の当主蘇我倉山田石川麻呂《そがのくらやまだいしかわまろ》らを味方に引き入れ、蘇我氏打倒の計画を進めていきました。

中大兄皇子のグループは、ついに入鹿暗殺に踏み切ります（乙巳《いっし》の変）。朝鮮の使者が天皇に貢物を捧げる（→「新羅遠征と大和帰還」134頁）儀式「三韓

人物クローズアップ

中大兄皇子《なかのおおえのみこ》

舒明天皇の第二皇子で、母は皇極天皇。中臣鎌足、蘇我倉山田石川麻呂らと共謀してクーデターを起こした。

中臣鎌足《なかとみのかまたり》

藤原氏の祖。中大兄皇子とともにクーデター（乙巳《いっし》の変）を成功させた。皇子とは、蹴鞠《けまり》を通じて親しくなったという。

蘇我鞍作《そがのくらつくり》（入鹿《いるか》）

頭脳明晰と伝えられている。鞍作大臣《くらつくりのおおおみ》と呼ばれ、若くして実権を握っていたが、中大兄皇子、中臣鎌足らに宮中で殺される。

進調の儀」の場で、それは起こりました。石川麻呂が国書を読み上げる中、佐《さ》伯《えき》連《のむらじ》子《こ》麻呂《まろ》らが入鹿に斬りかかる手はずになっていたのですが、子麻呂らが怖じ気づいて飛び出そうとしません。石川麻呂も不安で手がふるえ、入鹿に不審に思われる始末だったので、中大兄皇子が意を決して自ら入鹿に斬りつけました。入鹿は「私に何の罪があるのですか。どうぞお調べください」と叫びましたが、中大兄皇子が「鞍作《くらつくり》（入鹿の別名）は皇族をことごとく滅ぼし、皇位を傾けようとしています」と説明したので、皇極天皇は無言で奥の間に入っていきました。入鹿の死体は雨の降る庭に投げ出され、放置されたまま。入鹿暗殺の報せを聞いた父の蝦夷は、屋敷に火を放って自害しました。

さらに進んだ律令社会の確立を目指す

このクーデターの後、皇極天皇は軽皇子に譲位します（孝徳《こうとく》天皇）。皇太子には中大兄皇子が立ちました。

乙巳《いっし》の変の翌年に「改新の詔《みことのり》」が発布されます。これは、①公地公民制（土地や人民の私的な所有の禁止）、②地方行政組織の整備による中央集権治世の確立、③戸籍・計帳の作成と班田収授《はんでんしゅうじゅ》（地を人民に分け与える）の導入、④租《そ》（米など）・庸《よう》（労役の代わりに布を納める）・調《ちょう》（その土地の特産物）という全国的な統一税制への切り替えをうたっており、これからの日本がとるべき新しい統治システムとしての律令体制の指針を打ち出したものでした。

類 神話・伝承との類似性

怯える暗殺者と実行する若者

入鹿の暗殺を実行するはずだった子麻呂らは、いざ殺す段になって怖気《おじけ》づく。そこで中大兄皇子（まだ二十歳くらい）が武器を取り、自ら入鹿に斬り付ける。どこかカムヌナカワミミ（第二代綏靖《すいぜい》天皇）を思わせる（→「カムヌナカワミミの即位」106頁）。

解 なるほど日本書紀

実は亡びていない大豪族蘇我氏

「蘇我氏滅亡」といっても亡んだのは本家だけで、倉山田石川麻呂の娘二人は中大兄皇子の妻となり、持統《じとう》天皇、元明《げんめい》天皇らの母となった。また弟の蘇我赤兄《あかえ》や果安《はたやす》は近江朝廷の重鎮として大友皇子《おおとものみこ》を支えているし、弟の連子《むらじこ》の娘は藤原不比等《ふじわらのふひと》の妻となり武智麻呂《むちまろ》・房前《ふささき》・宇合《うまかい》の母となった。

大海人皇子《おおあまのみこ》の快進撃
壬申《じんしん》の乱

舞台 伊勢国《いせのくに》
時期 壬申《じんしん》(六七二)年

急げ！
美濃《みの》に向かうぞ
美濃には
信頼のおける多品治《おおのほむじ》がいる！
吉野の叔父が？
東国へ向かわれました
近江朝廷
叔父様
やる気ですか
大友皇子《おおとものみこ》
大海人皇子は直轄地の管理人である多品治を頼り兵を起こさせた
大海人皇子東国に入る！人々いでませい！
隠駅家《なばりのうまや》に火を放ち
兵を募るが
いでませい！
不安…
誰も集まりませんね
安斗智徳《あとのちとこ》
……
見よ！
大海人皇子《おおあまのみこ》
何です
ありゃあ
へんな雲
？
占い？
むっ
あの雲こそは天下分け目の徴！
私が天下をとる予兆である！

くじけるな 進むぞ!
うー!!
皇子は神秘的なカリスマ性で臣下たちを惹《ひ》きつけていった
姫 疲れてはいないか?
ええ 大丈夫
あなたと一緒ですもの
鸕野讃良皇女《うののさららのひめみこ》
よくいった
嬉しく思うぞ
壬申年 六月二十六日 未明 伊勢国 朝明郡《あさけぐん》 迹太川《とおがわ》のほとり
皇子は何を?
伊勢を拝んでいらっしゃるのだ
パン パン
これでいい きっと ご先祖の神が守ってくれる
さあ行こう 姫 私たちの国を作りに

天武天皇はパフォーマンス好き

改新を打ち出した孝徳《こうとく》天皇でしたが、最後は皇太子の中大兄皇子《なかのおおえのみこ》と対立することも多く、難波宮《なにわのみや》で崩御します。その後は退位していた皇極《こうぎょく》天皇が重祚《ちょうそ》（再び即位すること）します。区別して斉明《さいめい》天皇と呼びますが、この時代には中央集権化してから初めての対外戦争も体験しました。

戦争中に斉明天皇が崩御し、軍勢も引き上げて終戦。七年間の空位時代を経て中大兄皇子は近江大津宮で即位します（天智《てんち》天皇）。天皇は弟の大海人皇子《おおあまのみこ》（のちの天武《てんむ》天皇）を皇太子にしていましたが、のちに御子の大友皇子《おおとものみこ》を太政《だいじょう》大臣《だいじん》に任命します。

即位後三年で天智天皇は病に倒れます。天智天皇は枕元に大海人皇子を呼び、皇位を譲ると告げますが、皇子は皇位継承を辞退し、出家して吉野へ退去していきました。これを人々は「虎に翼をつけて放つようなものだ」とささやき合ったといいます。天智天皇の死後、大友皇子は大海人皇子を排除しようとしますが、大海人皇子は吉野を脱出して近江に残してきた御子の高市皇子《たけちのみこ》や大《おお》津皇子《つのみこ》らと美濃《みの》で合流し、不破関《ふわのせき》を封鎖して東国の抑えに成功すると、兵を集めて大友皇子との戦いに乗り出したのでした（壬申の戦い）。

日本書紀の天武天皇巻の冒頭には「生まれながらにして人より美しく、成人してからは雄々しさが抜きん出て、一を聞いて十を知り、国土を平定した。天

人物クローズアップ

大友皇子《おおとものみこ》

天智天皇の第一皇子。叔父の大海人皇子（のちの天武天皇）と戦い、敗れて自害する。日本書紀には、大友皇子が皇太子に立てられた話も天皇に即位した話も出てこないが、江戸時代には即位をしたと考えられ、明治《めいじ》天皇によって「弘文《こうぶん》天皇」と追号される。

安斗智徳《あとのちとこ》

大海人皇子に仕えていた舎人《とねり》。皇子と行動をともにして吉野を脱出し、近江朝廷と戦った。戦後に彼が書いた『安斗宿禰智徳日記』は、日本書紀を編纂する上で史料の一つになったと考えられている。

文学と兵法に長けていた」と書かれています。天武天皇の巻全体を見渡して、その言動を追ってみると、どうやらパフォーマンス好きだったようです。吉野を脱出した大海人皇子は、その途中で戦いの勝敗を占って勝ちの卦《け》を出してみせます。また、迹太川《とおがわ》のほとりでアマテラスを祀る伊勢の神宮の方角へ、戦勝祈願の遥拝《ようはい》（遠くから拝むこと）をして味方の士気を高めたり、即位後は宮中で双六《すごろく》大会をひらいたりクイズ大会も行ったようです。

皇祖神を祀る斎宮の制度をつくる

壬申の戦いに勝利し、近江朝廷を滅ぼした大海人皇子は飛鳥《あすか》で即位します（天武《てんむ》天皇）。アマテラスは皇室の祖先として最も尊い神様とされていますが、戦いに勝てたのは自分たちの祖先神であるアマテラスに戦勝祈願をしたおかげということで、天武天皇は伊勢の神宮を特に重く祀りました。

まず、天武天皇は娘の大伯皇女《おおくのひめみこ》をアマテラスに仕える「斎王《いつきのひめみこ》」として伊勢に送りました。それ以来、伊勢の斎宮《さいくう》（斎王の宮）に未婚の皇族女性が赴く制度が確立されました。また、持統《じとう》天皇の代には神宮のすべての建物を建て直し、装束や神宝なども新調して神様に新しい建物にお移りいただく式年遷宮《しきねんせんぐう》という行事も始まったと伝わります。こうした神宮の制度の整備も、古事記や日本書紀といった史書の編纂、身分制度の整備などとともに、天武天皇が推し進めていった事業の延長線上にあるのです。

古事記との違い　違

天武天皇と古事記

古事記は、本文では推古天皇の代のことまでしか語られていないが、序文には壬申の戦いの様子が細かく描かれている。そして勝利した天武天皇の徳を賞賛し、さらに歴代の聖王に等しく歴史を大切にした天皇として歴史書編纂の詔を引用。古事記の成立についての話題に転じている。そこでは「帝皇日継及先代旧辞《ていおうひつぎとせんだいくじ》」と呼ばれるものがあり、これを二十八歳の若者で舎人（使用人）であった稗田阿礼《ひえだのあれ》に口頭で語れるよう何度も読んで習わせたという。これが「勅語旧辞《ちょくごのくじ》」と呼ばれ、古事記の母体となったものである。この「勅語旧辞」が元明天皇の時代に太安万侶《おおのやすまろ》によって書物として完成させられ、『古事記』として伝わったのだ。

律令制度の完成
持統《じとう》天皇の即位

舞台 飛鳥浄御原宮《あすかきよみはらのみや》
時期 持統三(六八九)年

天武天皇大内陵
大君…あなたの喪に服して三年
その間に愛しいわが子も失ってしまった
あなたの遺志を継ぐべき孫はまだ幼い…
天武天皇《てんむ》(大海人皇子《おおあまのみこ》)
上宮太子以来 私たちが目指してきた私たちの国の姿
あと一歩で完成するわ
だから今 私は ここにいる
現御神大八嶋國所知食
大倭根子天皇御前
天神寿詞稱辭定奉申
ト部《うらべ》が誦《よ》むのは神代から今に続くことば…(天神寿詞《あまつかみのよごと》)
そして忌部《いんべ》がうやうやしく捧げてくるのは
高天原神留坐
皇親神漏岐神漏美
八百萬神等神集
皇孫尊高天原事始
豊葦原瑞穂國
天都日嗣天都
天都御膳長
千秋五百秋
穂平安由庭所知
天降坐後

神々の時代から伝えられてきた鏡と剣を模したもの
神璽《それ》をうけて私は天《あま》つ位《くらい》につく
大君
あなたの遺志は私から孫の軽皇子《かるのみこ》へと伝えましょう
萬歳《ばんざい》ー！
萬歳《ばんざい》ー！
持統天皇
（鸕野讃良皇女《うののさららのひめみこ》）

祖先神アマテラスから天皇に伝えられた神器

日本書紀の最後は持統《じとう》天皇の巻です。天武《てんむ》天皇が崩御すると、後継者に天武天皇と鸕野讚良皇女《うののさららのひめみこ》との間に生まれた草壁皇子《くさかべのみこ》がいました。しかし天武天皇の葬儀は三年間にわたって行われ、その間に草壁皇子は即位を見ずに亡くなってしまいます。そこで草壁皇子の御子である軽皇子《かるのみこ》（男子直系）が皇位に即《つ》けるようになるまで、鸕野讚良皇女が皇位に即きました（持統天皇）。当時、軽皇子は八歳でした。

持統天皇の践祚《せんそ》（天皇の位を受け継ぐこと）の際には「神璽《しんじ》の剣鏡」が奉られています。これが後に「三種の神器」と呼ばれるものにあたるでしょう。三種の神器ということばは、『平家物語』に初めて見られるといいます。

三種の神器は、天孫降臨の際にホノニニギがアマテラスから授かった三つの神宝です（→「天孫降臨」70頁）。八咫鏡《やたのかがみ》はアマテラスが天岩屋戸籠もりの際に、作られて榊の木にかけられたもの（→「天岩屋戸」30頁）、クサナギの剣はスサノオが退治したヤマタノオロチから出現したもの（→「ヤマタノオロチ」34頁）です。これまで見てきたように、いずれも古事記や日本書紀で語られている神話に起源をもつアイテムとして知られています。

尚、神璽の奉献は、現在の即位儀礼でも行われています。

人物クローズアップ

天武《てんむ》天皇
（大海人皇子）

天智《てんち》天皇（中大兄皇子）の同母弟で、飛鳥浄御原令《あすかきよみはらりょう》の制定など数々の改革を実施。歴史の編纂も命じた。最初の妻は万葉歌人として有名な額田王《ぬかたのおおきみ》で、間に生まれた娘は大友皇子《おおとものみこ》の妃となっている。

持統《じとう》天皇
（鸕野讚良皇女）

天武天皇の皇后で、父は夫の兄、天智天皇。母は蘇我倉山田石川《そがのくらやまだいしかわ》麻呂《まろ》の娘。夫に従い吉野宮から脱出し壬申《じんしん》の戦いを共にする。

文武《もんむ》天皇
（軽皇子）

天武天皇と持統天皇の孫。日本書紀最後の記述は、持統天皇が軽皇子に譲位したという話で

持統天皇が完成させた律令体制

史書の編纂、八色の姓（従来の姓を改めて新たに八つの姓を定め、氏族の地位を再編成する制度）など、新しい政治を進めていった天武天皇の時代。日本書紀に天皇が正月に宴会を開いて、「無端事《あとなしごと》」という一種のクイズ大会を催したという記事があります。このようなイベントは宮廷の官僚たち主導であるはずはなく、天武天皇の発案によることは間違いないでしょう。

天武天皇の事績を日本書紀で追うと、服飾の規定や音楽の練習、才能ある人間の顕彰など、視覚的にも聴覚的にも華やかな雰囲気が伝わってきます。壬申の戦いに見られるパフォーマンス好きの天武天皇像を描く日本書紀の記述はやや演出があるような気もしますが、そういう華やかな天武宮廷の様子が実際にあったから書かれた記事なのだと思います。

持統天皇は天武天皇の政治路線を受け継ぎ、飛鳥浄御原令《あすかきよみはらりょう》を施行。戸籍を六年ごとに書き換えて税の徴収をスムーズに行えるようにしたり、新しい都（藤原京）へ遷都したり、見事な政治手腕で数々の政策を実行に移した女帝です。

とりわけ藤原京（日本書紀では新益都《あらましのみやこ》という）は、条坊（市街区画）を備えた日本初の都城で、道路が基盤の目のように整備された本格的な中国式のものでした。孫に皇位をバトンタッチする道筋をつけた持統天皇は、即位から七年後に譲位し、軽皇子が即位します（文武天皇）。

ある。この天皇の時代に施行された大宝律令《たいほうりつりょう》によって律令制度が完成した。大化の改新の軽皇子とは別人。

神話・伝承との類似性 類

王が王であることを証明する「レガリア」

王が王であることを証明する象徴的な宝物は、王国ごとにさまざま伝えられていた。そういったものを「レガリア」という。

例えば秦《しん》の始皇帝《しこうてい》が作らせた伝国璽《でんこくじ》。これは漢王朝《かんおうちょう》が入手して皇帝の証明とした。旧約聖書には、モーセが神から授かった十《じっ》戒《かい》を記した石板が入っているとされる契約の箱が出てくる。これはイスラエル王国の歴代の王に継承された。

現在でもタイ王室や連合王国（イギリス）王室にもレガリアは存在するが、日本の三種の神器は世界最古のレガリアである。

歴史を大切にする帝王たち

古事記の成立

舞台　平城京《へいじょうきょう》
時期　和銅《わどう》五（七一二）年

文武天皇の崩御と平城京遷都

持統《じとう》天皇が天武《てんむ》天皇の意志を継いで作り上げた律令国家「日本」。その未来は孫の軽皇子《かるのみこ》（文武《もんむ》天皇）に託されました。文武天皇は藤原宮で天下を治め、大宝《たいほう》元（七〇一）年に飛鳥浄御原令《あすかきよみはらりょう》を改訂して「律令」として施行（大宝律令《たいほうりつりょう》）。大宝という元号も立てました。新しい時代の始まりです。

しかし、世の中は異常気象が続き、それを自らの不徳と悩んだ文武天皇は、神に祈ったり、恩赦を行うなど努力しましたが、まもなく崩御してしまいます。御子の首皇子《おびとのみこ》（親王。後の聖武《しょうむ》天皇）はまだ幼く、皇位は母の元明《げんめい》天皇（草壁皇子《くさかべのみこ》の妃）が預かることになります。元明天皇の最初の仕事は、文武天皇の遺志、平城京への遷都（都を他へうつすこと）でした。

そうして和銅《わどう》三（七一〇）年に遷都が行われました。その二年後に古事記が成立します。

人物クローズアップ

元明《げんめい》天皇

天智天皇（中大兄皇子）の娘で、天武天皇と鸕野讃良皇女との間に生まれた草壁皇子の妃。先代から編纂が続いていた古事記の選録を命じた。

なるほど日本書紀　解

天武天皇時代の史書編纂記事

日本書紀の天武天皇巻には、「天武天皇が川島皇子《かわしまのみこ》（天智天皇の第二皇子）を筆頭に、中臣《なかとみの》連大島《むらじおおしま》、平群臣子首《へぐりのおみこびと》ら十二人に命じて『帝紀《ていき》』および『上古の

太安万侶《おおのやすまろ》の筆録と古事記のその後

平城遷都後まもない和銅五（七一二）年、古事記は元明《げんめい》天皇の命でに太安万侶によって書物として献上されました。提出時の添付書類（上表文）が「序」として古事記冒頭につけられています。

大きく三つの段落に分かれ、最初の段落では、太古のことは分かるはずもないのに、それが分かるのは伝えてくれた者がいたからだとして、古事記の内容を日本書紀の内容に近づけてまとめつつ、歴代の王は歴史を大切にしてきたといいます。続いて壬申の戦いの話を入れて天武天皇を讃《たた》え、こうして天皇となった天武天皇もまた、歴史を大切にした。だから稗田阿礼《ひえだのあれ》に「帝皇《ていおうの》日継《ひつぎ》及先《のせん》代旧辞《だいくじ》」を口に出して語れるよう練習させ（「誦習《しょうしゅう》」）、後代に伝えようとしたのだと第二段落で述べます。しかし、時が移ってそれがまだ果たされてないと元明天皇が太安万侶に稗田阿礼の語る「勅語旧辞《ちょくごのくじ》」を筆録させた（「撰録」）のだとして、最後は書物化の際の凡例のようなことを書いて筆を終えます。

こうして天皇に献上された古事記は、きっと宮廷図書館で保管されたのでしょう。しかし残念なことに、平安京遷都や火災などで失われてしまったようです。それでも写本として伝えられ、日本書紀とともに大切に読まれてきたのです。

古事記との違い

諸事』を編纂させたとある。これが古事記、日本書紀とどうかかわるかは未詳。

正式記録にない古事記
正式記録にある日本書紀

日本書紀の後を受け継いで奈良時代の歴史を記録した史書が、桓武《かんむ》天皇の時代に編纂された『続日本紀《しょくにほんぎ》』。これには元正《げんしょう》天皇の養老四（七二〇）年に日本書紀が舎人《とねり》親王によって完成されて奉られたとあるが、古事記については一切記録されていない。そこで古事記は偽書ではないかと疑われたりしている。しかしそれは続日本紀が古事記に対して正史として評価をしなかったからではないだろうか。律令官人にとって古事記のような正式の漢文で書かれていないものは、記録には値しないと判断されたのではないかと思われる。

太子様は菩薩様の生まれ変わり？

聖《しょう》徳《とく》太《たい》子《し》（厩戸皇子《うまやとのみこ》）

数々の逸話で彩られる伝説の人

一般的には聖徳太子の名で知られていますが、日本書紀には「厩戸皇子」と書かれています。母親の夢に救世《ぐぜ》観世《かんぜ》音《おん》菩薩《ぼさつ》が現れて彼女の口に飛び込み、その直後に皇子を懐妊した話、まだ二歳のときに東方に向かって「南無仏」と唱えた話、一度に十人の言葉を聞き分けた話など、多くの伝説でも知られています。

厩戸皇子は父方の祖母も母方の祖母も蘇我氏の出身だったので、彼も蘇我氏の血を濃く引いていたのですが、摂政《せっしょう》となった皇子は蘇我氏の思い通りにはなりませんでした。天皇をしのぐ大きな権勢をふるう蘇我氏のような一部の豪族ではなく、天皇を中心とした政治を理想としたのです。冠位十二階は、優れた人材を天皇の周囲に置くことを可能にするとともに、豪族の世襲による地位の独占を阻止するねらいがありました。憲法十七条も、天皇に従うことや合議による決定がうたわれています。そして厩戸皇子は仏教の興隆にも力を注ぎ、法隆寺や四天王寺などの寺院を建立しました。

聖徳太子はいなかった?

数々の改革を行った「聖徳太子」と呼ばれている人物と厩戸皇子が本当に同一人物かどうか、という議論は昔からありました。日本書紀は厩戸皇子が亡くなってから100年近くも経ってから編纂されたものであり、日本書紀に書かれている「聖徳太子」の事績は天皇家の権威を高めるために他の誰かの事績を厩戸皇子のものにすり替えたのではないか……というのです。旧一万円札の顔として有名な聖徳太子の肖像画は別人のものだとする説もあるなど、聖徳太子（厩戸皇子）は実に謎多き人物でもあるのです。

思い上がった末にクーデターで暗殺

蘇我入鹿《そがのいるか》

頭のよい人物だったのだが……

厩戸皇子は天皇中心の政治体制を目指して数々の政策を実施しましたが、それでも蘇我氏の力が衰えることはありませんでした。皇子が亡くなると、蘇我蝦夷《えみし》が大臣として大きな権力をふるうようになります。蝦夷の子・入鹿はインテリで、小野妹子《おののいもこ》に随行して隋に留学していた学僧・新漢人旻《いまきのあやひとみん》から第一級の才能をもった人物と称されています。入鹿は蘇我氏出身の女性を母に持つ古人《ふるひとの》大兄皇子《おおえのみこ》の即位をもくろんでいましたが、厩戸皇子の子・山背大兄王《やましろのおおえのおう》の抵抗にあい失敗。これを逆恨みした入鹿は、軍勢を送り込んで山背大兄王一族を抹殺してしまいました。さすがにこれには父の蝦夷もおののき、「自分の命も危なくなるぞ」と入鹿を罵《ののし》ったといいます。

その後、入鹿は自らの屋敷を「宮門《みかど》」と称したり、自分の子たちを「王子《みこ》」と呼ばせたりしたため、天皇の地位をうかがう者とみられるようになります。

こうして入鹿は、中大兄皇子らのグループに暗殺されたのです。

入鹿の反逆は濡れ衣?

大変に頭のよい人物だった入鹿が、山背大兄王《やましろのおおえのおう》を滅ぼすことで、かえって自分の命が危うくなることに考えが及ばなかったのはおかしな話のようにも思えます。日本書紀は中央集権体制を目指した天武天皇の時代に編纂されたものなので、皇位を簒奪しようとしたとされる入鹿がことさら大逆臣《だいぎゃくしん》にされてしまったと見る向きもあります。いずれにせよ、入鹿に関する記述の多くは天智・天武天皇、藤原氏らクーデター側を国家形成の立役者とする時代に書かれたものなので、入鹿の実像も不明な部分が多くあります。

優れたリーダーシップで律令体制を主導

中大兄皇子《なかのおおえのみこ》（天智天皇）

外国との戦争も経験

中臣鎌足《なかとみのかまたり》、蘇我倉山田石川麻呂《そがのくらやまだいしかわまろ》らとともにクーデター（乙巳《いっし》の変）で蘇我入鹿《そがのいるか》を暗殺した中大兄皇子は、すぐには即位しませんでした。母・皇極《こうぎょく》天皇の弟で叔父にあたる軽皇子《かるのみこ》を即位させ（孝徳《こうとく》天皇）、自らはその皇太子として政権の中心にありました。日本で初めて年号を立てて大化元年とし、大化の改新と呼ばれる政治改革に乗り出しました。孝徳天皇が崩御しても中大兄皇子は天皇に即位せず、母の皇極天皇を重祚《ちょうそ》（一度退位した天皇が再び即位すること）させ（斉明《さいめい》天皇）、引き続き皇太子として政権を担いました。

中大兄皇子がようやく天皇に即位したのは、斉明天皇が崩御してから七年後のことです。この時は、律令国家を目指してから初の対外戦争として百済を救援するために唐・新羅連合軍との戦い（白村江《はくすきのえ》の戦い）も起こっています。中大兄皇子は唐軍の侵入に備えて都を飛鳥《あすか》から近江《おうみ》（現在の滋賀県）の大津宮《おおつのみや》に遷してそこで即位し（天智《てんち》天皇）、引き続き律令体制の確立に尽力したのです。

大空位時代の秘密

中大兄皇子がなかなか即位しなかった理由については諸説ありますが、その一つに「即位しなかったのではなく、即位できなかったのだ」とする説があります。対唐・新羅戦争は、戦線での同盟国百済《くだら》軍との不調和や、天皇崩御という事態もあって、日本書紀では、軍勢を撤収させる形で終結し、その後、唐から使者がやってきます。天智天皇巻では、中大兄皇子の称制時期に多くの外交使節がやってきますが、唐の使者の来日は、これが戦後処理としていわば敗戦国日本を占領したのではないか、という解釈です。

皇子を見出して大化の改新を実現

中臣鎌足《なかとみのかまたり》

功績を称えられて〝藤原〟鎌足に

中臣氏は、かつては宮中の神事や祭祀をつかさどっていた名門氏族でした。そのため仏教の受け入れに賛成する蘇我氏と対立し、蘇我氏が権力を握ってからは没落していました。鎌足も下級の役人に甘んじていましたが、隋や唐に留学した学僧の南淵請安《みなみぶちのしょうあん》や新漢人旻《いまきのあやひとみん》に師事して学問を修めた秀才でした。つまり、鎌足は蘇我入鹿《そがのいるか》と同門ということになります。

蘇我氏打倒の決意を固めた鎌足は、まず軽皇子《かるのみこ》に接近しました。さらに若い中大兄皇子にも近づきます。蹴鞠《けまり》をしていた皇子の脱げた靴を拾って差し出したことが、中大兄皇子の信頼を得るきっかけとなったというエピソードは有名。クーデターを成功させた後は内臣《うちつおみ》という役職につき、中大兄皇子（天智天皇）とともに大化の改新の中心的役割を担いました。鎌足が死の床に就くと、天智天皇は鎌足のこれまでの功績に応えて藤原の姓を贈っています。没後は飛鳥の東にある多武峰《とうのみね》に葬られました。

摂関政治で知られる藤原氏の祖

鎌足の子・藤原不比等《ふひと》も父と同様に長く政権の中枢にありましたが、宮子《みやこ》（文武《もんむ》天皇の妃）や光明子《こうみょうし》（聖武天皇の皇后）など自身の娘を天皇に嫁がせて天皇家と強いつながりをもつこともしています。藤原氏は不比等の四人の子の急死などで一時的に低迷しますが、やがて大きな発展を遂げ、平安時代の藤原道長に代表されるように天皇との姻戚関係を利用して政権を独占する、いわゆる摂関政治で政治の中枢に位置しました。摂関政治のルーツは、藤原氏の創世記の頃からすでにあったというわけですね。

律令国家を完成させた功労者

天武天皇《てんむてんのう》（大海人皇子《おおあまのみこ》）

皇子たちに盟約を誓わせたのだが……

天智《てんち》天皇の同母弟である大海人皇子《おおあまのみこ》は、皇位の譲渡を持ちかけられますが、これを御子の大友皇子《おおとものみこ》を即位させたい兄の策略と判断した大海人皇子は固辞して吉野に籠もりました。天智天皇が崩御すると吉野を脱出。軍勢を整えて大友皇子との決戦に臨み勝利。即位すると、我が国を本格的に律令国家としてスタートさせる数々の政策を実施しました。

また天武天皇は、ゆかりの地である吉野で皇子たちに盟約を交わさせています。自身の御子である草壁皇子《くさかべのみこ》、大津皇子《おおつのみこ》、高市皇子《たけちのみこ》、忍壁皇子《おさかべのみこ》、天智天皇の遺児である川島皇子《かわしまのみこ》、志貴皇子《しきのみこ》に「みなそれぞれ母は違っていても、仲睦《むつ》まじく過ごす」として、皇子たちに皇太子の草壁皇子とは争わずに協力することを誓わせたのです。皇子たちは優秀だったので、天武天皇も大臣を任命せずに皇子たちを登用して政治を行わせる皇親政治を実施しました。しかし、このことは天武天皇の崩御後に皇子たちの間で混乱を招くことにもなりました。

兄弟ゲンカの原因は三角関係？

天智天皇と大海人皇子が対立したのは、大海人皇子の妃の一人だった額田王《ぬかたのおおきみ》という女性を、天智天皇が召し上げて自分の妃にしたことが原因だという説があります。『万葉集』に夫だった大海人皇子に対して額田王が「そんなに袖を振って私をお誘いになって、番人が見ているではありませんか」と詠んだ歌と、これに大海人皇子が「あなたを憎いと思うなら、人妻なのにどうしてあなたを恋しく思うでしょうか」と返した歌が載っています。しかしこれは即位後の宮中行事の宴席での座興の歌です。

日本書紀が記す最後の天皇

持統天皇《じとうてんのう》

（鸕野讚良皇女《うののさららのひめみこ》）

吉野は夫・天武天皇との思い出の地

天武天皇の崩御後、大津皇子の処刑や草壁皇子の早世といったゴタゴタがあり、結果的に皇后の鸕野讚良皇女が即位しました（持統天皇）。持統天皇は、壬申の戦いが勃発すると常に大海人皇子の傍らにあって夫を支え、天武天皇が崩御した後には夫に代わって政治を主導し、その志を継いで大きな改革を推進し、飛鳥浄御原令《あすかきよみはらりょう》の施行や藤原京への遷都などを実現させた才女です。日本書紀には「落ち着きがあって度量が広い」女帝だったと書かれています。

天武天皇との夫婦仲は、大変睦まじいものだったといわれています。持統天皇は在位期間中の十二年間で二十六回も吉野へ行幸《ぎょうこう》していますが、夫とともに壬申の戦いの苦しい時期を乗り越え、また戦いが終わった後に皇子たちと「仲睦まじく過ごす」と誓った地である吉野は、持統天皇にとっても特別に思い入れの深い地だったのでしょう。即位後、何度も吉野に行幸しています。崩御後には「高天原広野姫《たかあまのはらひろのひめ》天皇」の名がおくられました。

持統天皇はアマテラスのモデル?

持統天皇は日本書紀に書かれている最後の天皇ですが、持統天皇自身も古事記や日本書紀の編纂に深くかかわっています。降臨したホノニニギに天下を譲ったアマテラスの神話は、持統天皇が孫の軽皇子に皇位を譲った持統天皇のエピソードが反映されたものともいわれ、アマテラスが女神なのも女帝である持統天皇の姿を反映したからとする説もあります。アマテラスを祀る伊勢神宮で最初の式年遷宮が行われたのは持統天皇の在位中のことでしたから、両者の関係が深いことは確かです。

古事記 上巻 系図

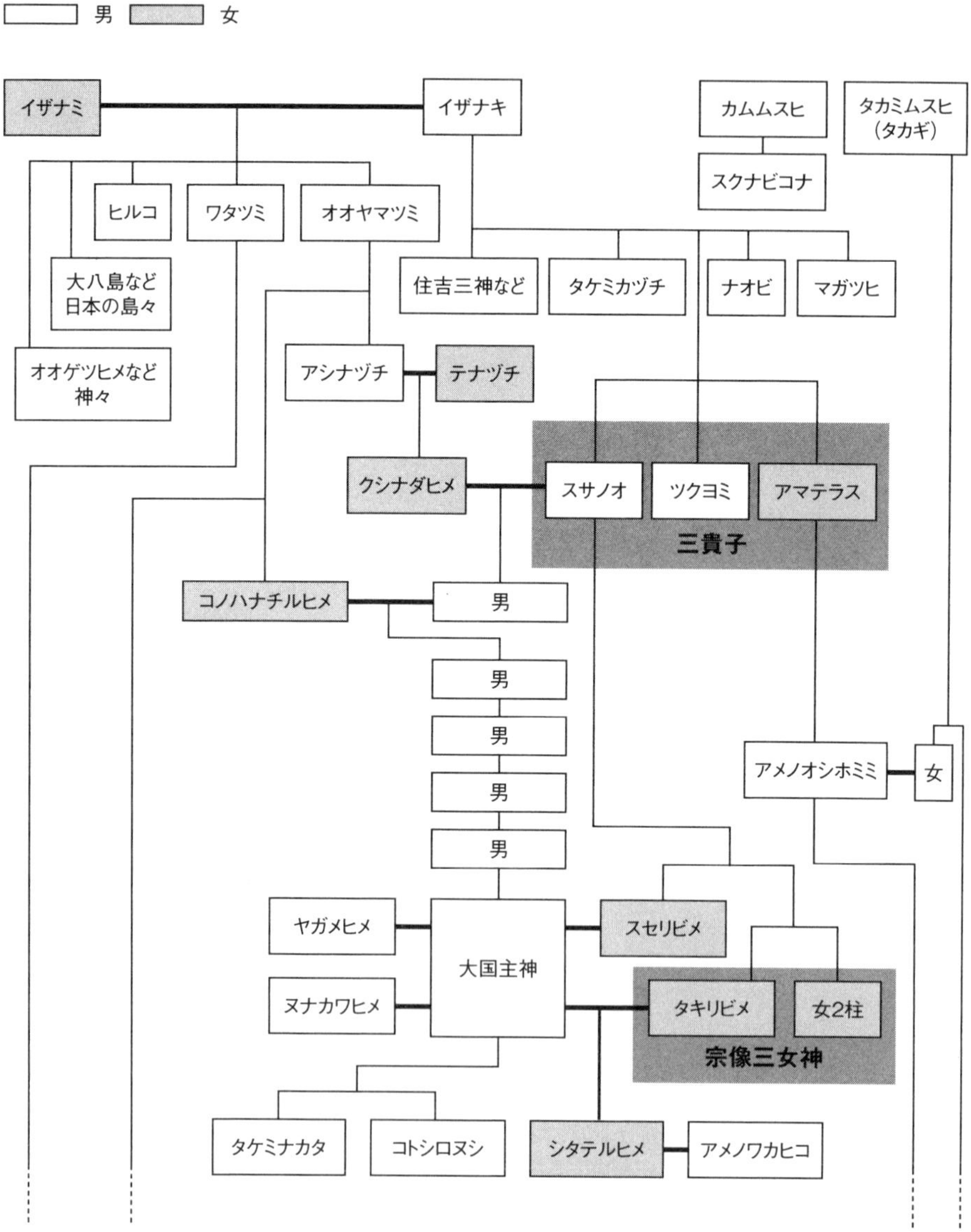
男
女
イザナミ
イザナキ
カムムスヒ
タカミムスヒ
（タカギ）
スクナビコナ
ヒルコ
ワタツミ
オオヤマツミ
大八島など
日本の島々
住吉三神など
タケミカヅチ
ナオビ
マガツヒ
オオゲツヒメなど
神々
アシナヅチ
テナヅチ
クシナダヒメ
スサノオ
ツクヨミ
アマテラス
三貴子
コノハナチルヒメ
男
男
男
男
男
アメノオシホミミ
女
ヤガメヒメ
大国主神
スセリビメ
ヌナカワヒメ
タキリビメ
女2柱
宗像三女神
タケミナカタ
コトシロヌシ
シタテルヒメ
アメノワカヒコ

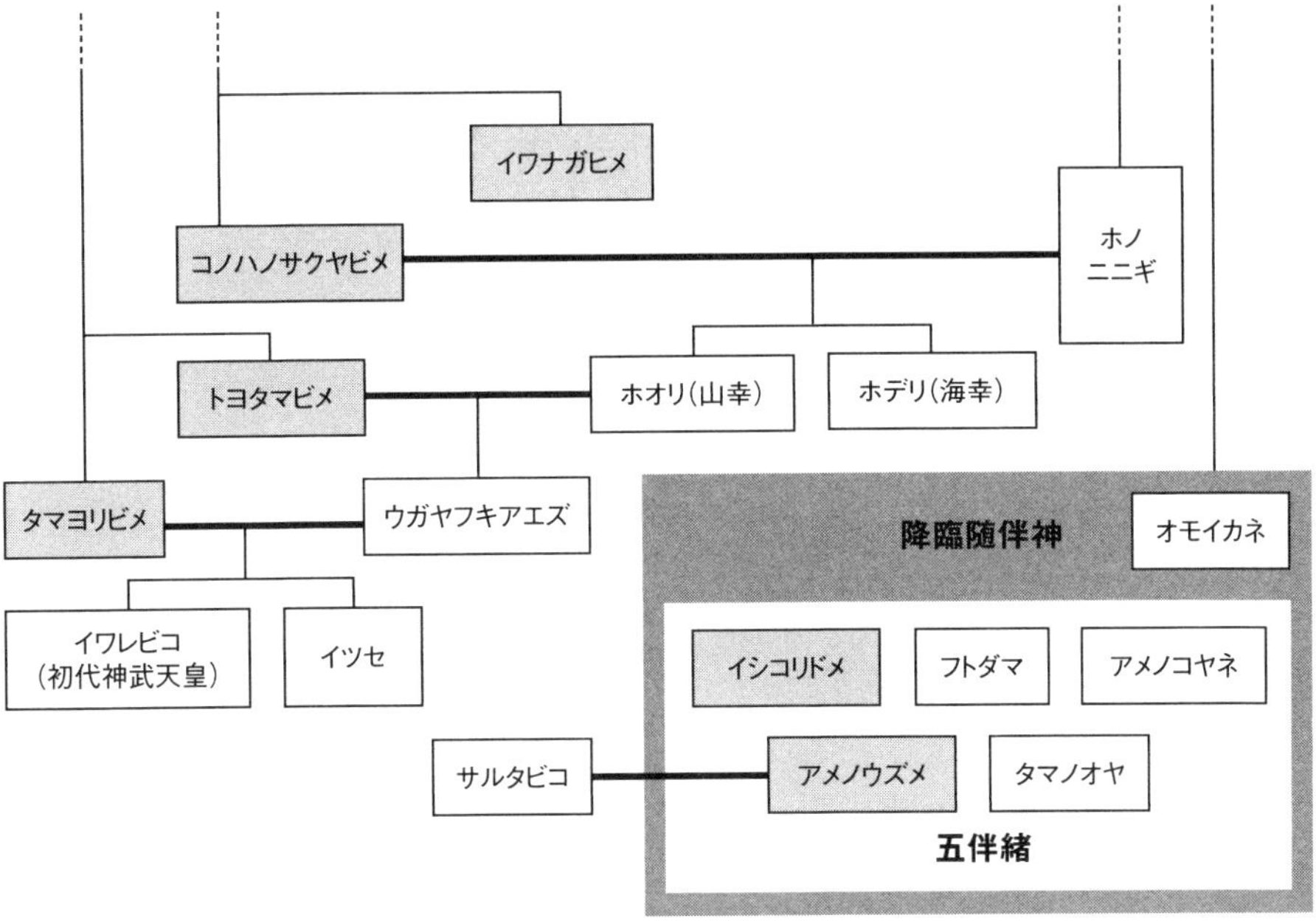
イワナガヒメ
コノハノサクヤビメ
ホノ
ニニギ
トヨタマビメ
ホオリ（山幸）
ホデリ（海幸）
タマヨリビメ
ウガヤフキアエズ
降臨随伴神
オモイカネ
イワレビコ
（初代神武天皇）
イツセ
イシコリドメ
フトダマ
アメノコヤネ
サルタビコ
アメノウズメ
タマノオヤ
五伴緒

天武系皇統図

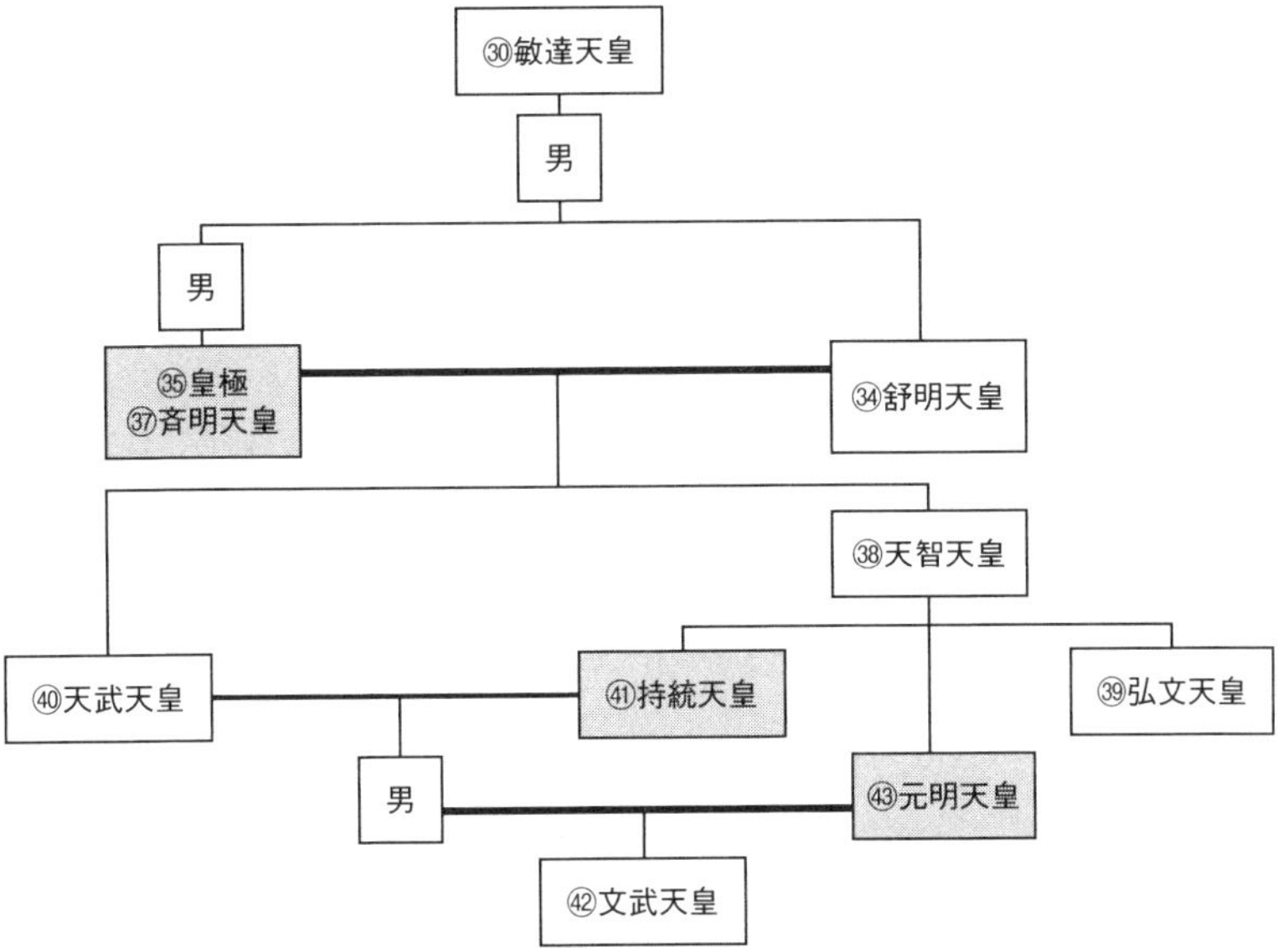
㉚敏達天皇
男
男
㉟皇極
㊲斉明天皇
㉞舒明天皇
㊳天智天皇
㊵天武天皇
㊶持統天皇
㊴弘文天皇
男
㊸元明天皇
㊷文武天皇

古事記中巻系図

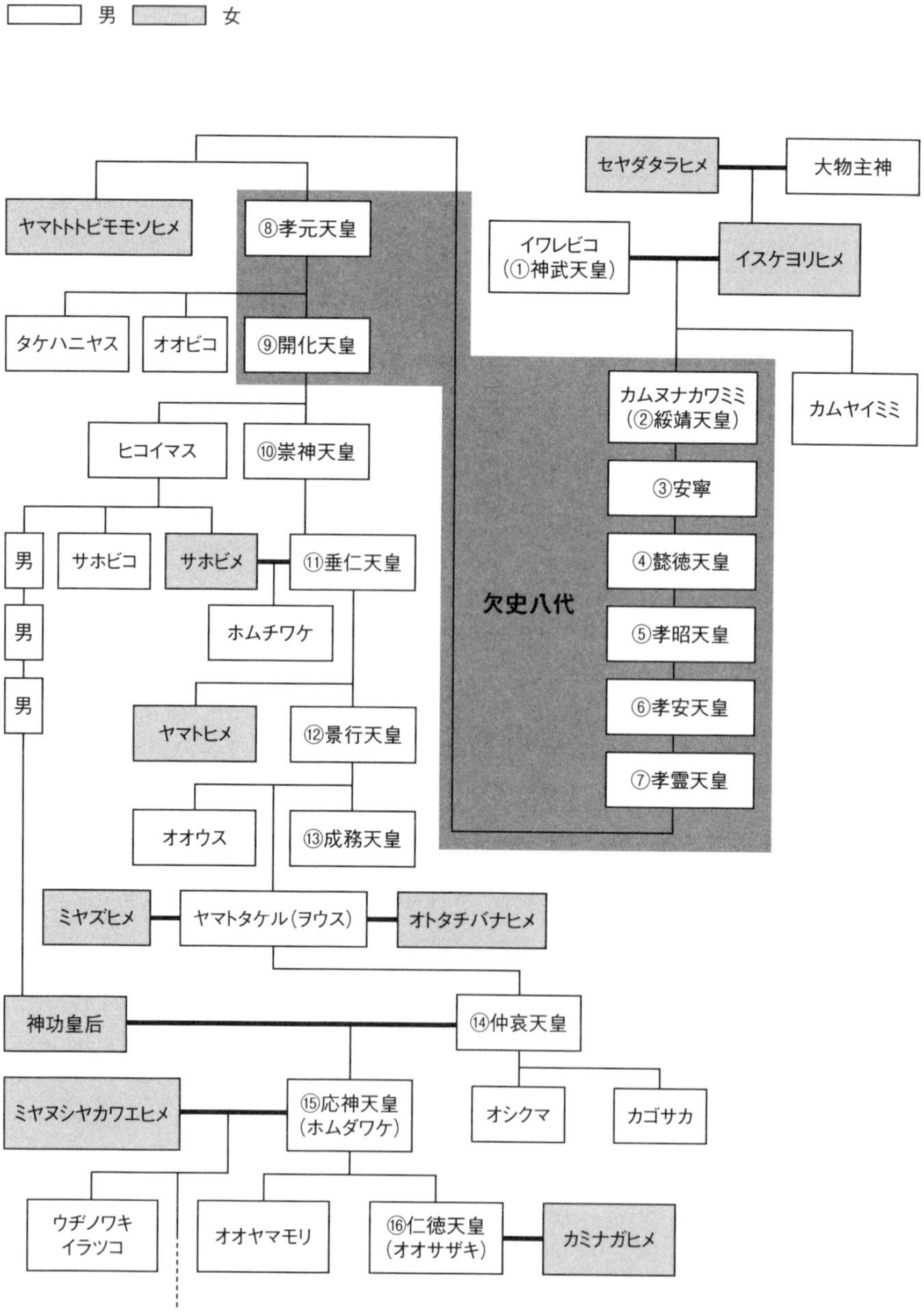

男
女
ヤマトトトビモモソヒメ
⑧孝元天皇
セヤダタラヒメ
大物主神
イワレビコ（①神武天皇）
イスケヨリヒメ
タケハニヤス
オオビコ
⑨開化天皇
カムヌナカワミミ（②綏靖天皇）
カムヤイミミ
ヒコイマス
⑩崇神天皇
③安寧
男
サホビコ
サホビメ
⑪垂仁天皇
④懿徳天皇
欠史八代
男
ホムチワケ
⑤孝昭天皇
男
⑥孝安天皇
ヤマトヒメ
⑫景行天皇
⑦孝霊天皇
オオウス
⑬成務天皇
ミヤズヒメ
ヤマトタケル（ヲウス）
オトタチバナヒメ
神功皇后
⑭仲哀天皇
ミヤヌシヤカワエヒメ
⑮応神天皇（ホムダワケ）
オシクマ
カゴサカ
ウヂノワキイラツコ
オオヤマモリ
⑯仁徳天皇（オオサザキ）
カミナガヒメ

古事記 下巻 系図

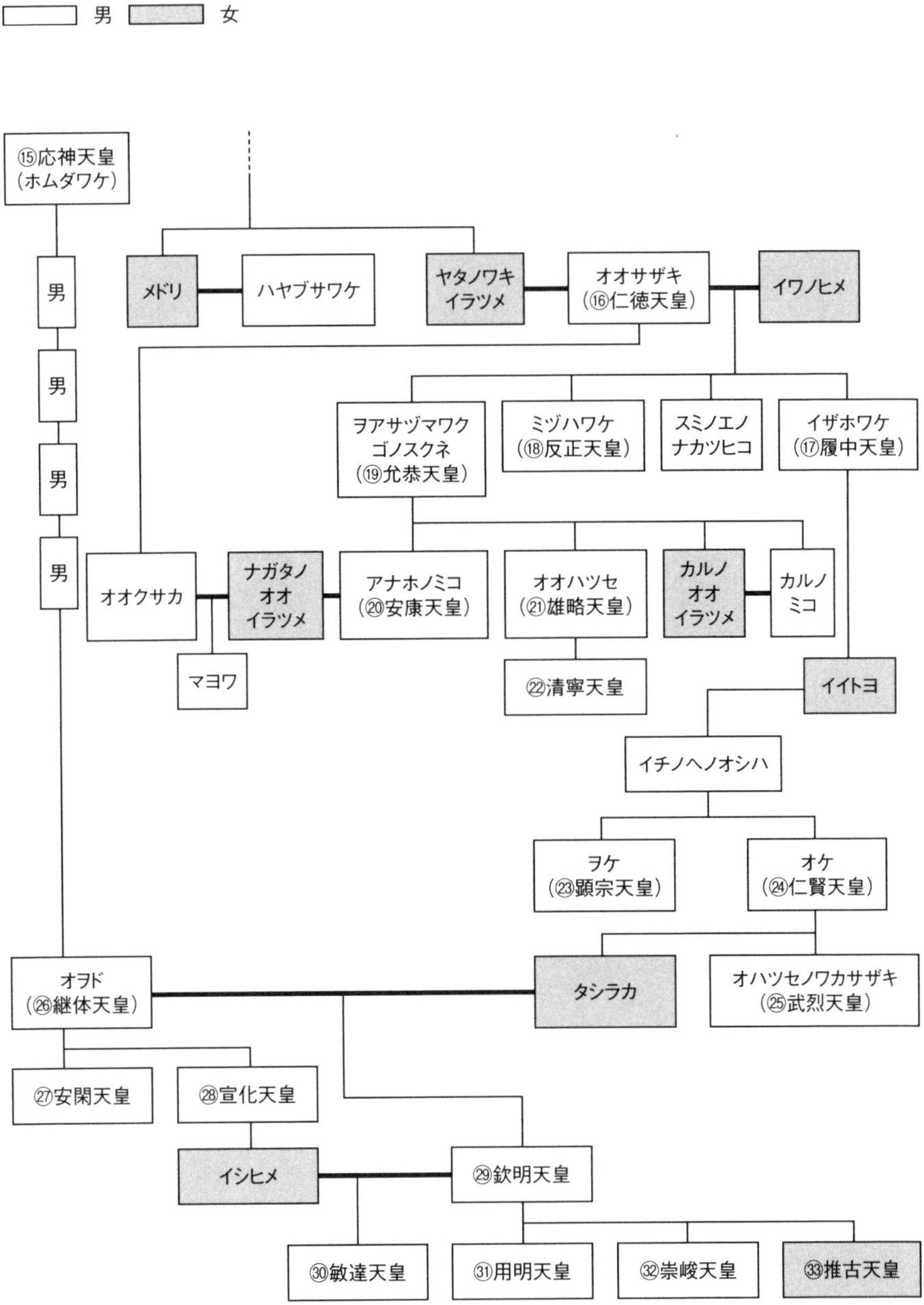

男
女
⑮応神天皇（ホムダワケ）
男
男
男
男
メドリ
ハヤブサワケ
ヤタノワキイラツメ
オオサザキ（⑯仁徳天皇）
イワノヒメ
ヲアサヅマワクゴノスクネ（⑲允恭天皇）
ミヅハワケ（⑱反正天皇）
スミノエノナカツヒコ
イザホワケ（⑰履中天皇）
オオクサカ
ナガタノオオイラツメ
アナホノミコ（⑳安康天皇）
オオハツセ（㉑雄略天皇）
カルノオオイラツメ
カルノミコ
マヨワ
㉒清寧天皇
イイトヨ
イチノヘノオシハ
ヲケ（㉓顕宗天皇）
オケ（㉔仁賢天皇）
オヲド（㉖継体天皇）
タシラカ
オハツセノワカサザキ（㉕武烈天皇）
㉗安閑天皇
㉘宣化天皇
イシヒメ
㉙欽明天皇
㉚敏達天皇
㉛用明天皇
㉜崇峻天皇
㉝推古天皇

登場神様・人物索引

参考文献

■『古事記生成の研究』志水義夫著（おうふう）
■『古事記の仕組み』志水義夫著（新典社新書）
■『上代文学への招待』志水義夫著（ぺりかん社）
■『澁川春海と谷重遠』志水義夫著（新典社選書）
■『古事記伝』本居宣長著（筑摩書房『本居宣長全集』）
■「ようこそ宣長ワールドへ」（本居宣長記念館）　http://www.norinagakinenkan.com/top.html
■『古事記の構造』神田秀夫著（明治書院）
■『古事記の語り口』坂下圭八著（笠間書院）
■『古事記の文字法』西條勉著（笠間書院）
■『千と千尋の神話学』西條勉著（新典社新書）
■『古事記と王家の系譜学』西條勉著（笠間書院）
■『日本神話論考』神田典城著（笠間書院）
■『記紀風土記論考』神田典城著（新典社）
■『古事記の世界観』神野志隆光著（吉川弘文館）
■『花の民俗学』櫻井満著（雄山閣出版）
■『日本武尊論―焼津神社誌―』櫻井満著（桜楓社）
■『ヤマトタケル』吉井巌著（学生社）
■『古事記がわかる事典』青木周平著（日本実業出版）
■『オールカラーでわかりやすい！ 古事記・日本書紀』多田元監修著（西東社）
■『古事記事典』尾畑喜一郎編（桜楓社）
■『稗田の阿禮・太の安萬侶　古事記―現代語譚―』（ゴマブックス）
■『「古事記」謎と真相』中江克己著（学習研究社）
■『大判ビジュアル図解 大迫力！ 写真と絵でわかる古事記・日本書紀』加唐亜紀著（西東社）
■『日本の「神話」と「古代史」がよくわかる本』島崎晋監修・日本博学倶楽部著（PHP 研究所）
■『古事記がわかる本』エソテリカ編（学研）
■『古事記』西宮一民校注（新潮日本古典集成）
■『古事記全註釈』倉野憲司著（三省堂）
■『古事記注釈１～６』西郷道綱著（筑摩文庫）
■『古事記　上・中・下』次田真幸著（講談社学芸文庫）
■『古代歌謡全注釈　古事記編・日本書紀編』土橋寛著（角川書店）
■『菅野雅雄著作集』（おうふう）
■『青木周平著作集』（おうふう）

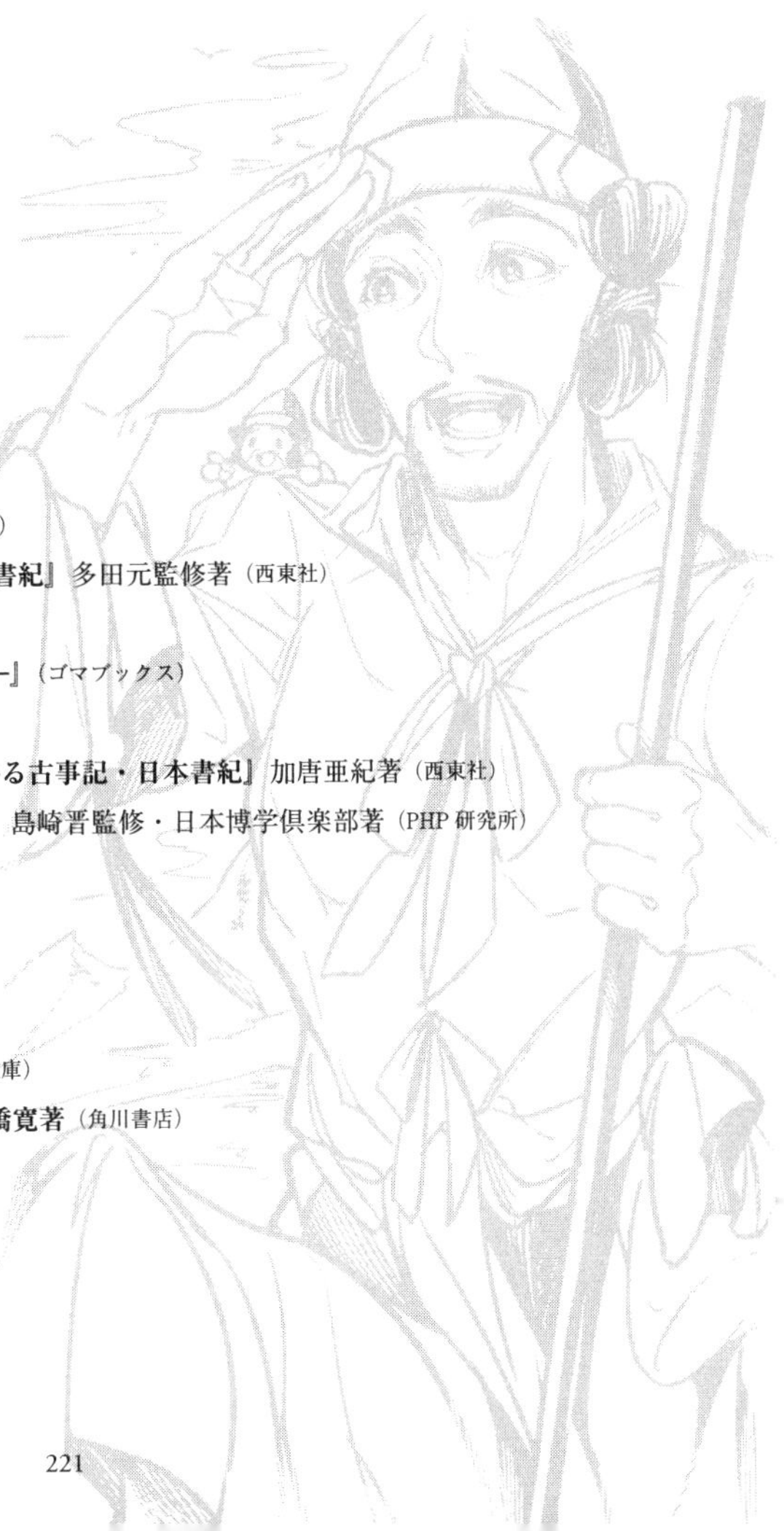

おわりに
――古事記とはなにか

日本という国は世界の中でも特殊な性格をもった国だといえるでしょう。国民性とか、文化とかいう以前に、わたしたちの用いていることば――日本語――が珍しい言語なのです。たしかに韓国語やモンゴル語、トルコ語など似たような言語は存在しますが、英語とドイツ語、フランス語に見られるような相互の親近性はありません。日本は中国から韓国経由で儒学的思想を始め大きく文化的影響をうけていますが――『日本書紀』が漢文で書かれているところに如実《にょじつ》に現れています――それでも日本語で考え、日本語で感情を表現して、現在なお天皇を国家の象徴として仰ぎ、独立国家として世界と向かい合ってきました。

ですから『古事記』や『日本書紀』というのは、現在も存在する天皇家の由来、そしてわたしたちの住む国土の起源を千三百年前に語った書物なのです。『日本書紀』は、以下『続日本紀《しょくにほんぎ》』『日本後紀《にほんこうき》』『続日本後紀』『日本文徳《もんとく》天皇実録《じつろく》』『日本三代実録』（あわせて「六国史《りっこくし》」といいます）と書き継がれて古代の記録を残しましたが、『古事記』は聖徳太子の時代から文武《もんむ》天皇（天武天皇と持統天皇の孫）の時代にかけて構築された日本の統治システムである律令制度以前の時代を舞台に、現在も日本の象徴である「天皇」の先祖と歴代の系譜（先祖書き）が骨格になっています。そして天皇の先祖の方々がどんな物語をもっているのかが、おもしろおかしく生き生きと手に取るように書かれています。『源氏物語』などにくらべれば、心理描写などに粗雑なところはありますが、日本語を話す者に豊かなイメージを与えるべく語られているのが『古事記』の世界なのです。

太古の過去の事実がどうであったかではなく、現在あるわたしたちの国の目の前の事実と直結した内容を『古事記』も『日本書紀』も語っています。それは長い歴史を持って在りつづけたわたしたちの国の、わたしたちの先祖の伝えてきたわたしたちの存在の根源を語り、アイデンティティを支えるファンタジーです。そういう意味で、「国家統治の根本」というのは正しい捉え方でしょう。

でも、そこに語られるのは、夫婦の営みから始まり、夫婦間の信頼の崩壊と離婚（黄泉国訪問神話）、家庭内暴力とひきこもり（天岩屋神話）など、現代とかわらない出来事でした。日本の神話は、神の尊厳や人への抑圧的制度を描くのではなく、人の営みの延長上に、現代でも問題となるさまざまな事象の始まりを扱っています。その中心は誰をも照らし、大いなる恵みをもたらしてくれる太陽の神です。さらに日々の生活の中で身に着いた穢《けが》れを削《そ》いで追い払い、生活の中で曲がったあれこれを直してくれる神もあらわれます。ファンタジーではあっても、いまなお、わたしたちの生活と結びついた世界が描かれています。『古事記』の世界は、わたしたちの中に生きているのです。

著者 **志水義夫**（しみづ よしを）

1962年生、東京都出身。東海大学文学部日本文学科教授。博士（文学）。東海大学文学部北欧文学科で荻島崇にフィンランド語を、小泉保に民族叙事詩『カレワラ』を学び、卒業後、東海大学大学院文学研究科日本文学専攻博士課程に進学。同大学院では國學院大學教授櫻井満に師事。研究テーマは『古事記』の成立と系譜。現在は『日本書紀』受容史、また古典文学から歌舞伎やアニメ、ライトノベルに流れる文芸史を構想中。古事記学会理事。歌舞伎学会運営委員。著書に『上代文学への招待』（共著・ぺりかん社）、『古事記生成の研究』（おうふう）、『古事記の仕組み―王権神話の文芸―』、『少年少女のクロニクル―セラムン・テツジン・ウルトラマン―』、『澁川春海と谷重遠―双星煌論―』（以上新典社）がある。

マンガ **フリーハンド**

ＴＶドラマ化もされた『夜王』『女帝』『嬢王』などの人気コミックを手掛ける原作家・倉科遼をはじめ、多数のクリエイターと共に歩む、漫画企画に特化した広告代理店／編集プロダクション。

[マンガ]

桓田楠末	P14-15/18-21/24-27/30-31/34-37/66-67/70-71/74-75
鯖玉弓	P8-11/42-43/46-47/50-51/122-123/126-127/130-131/134-135/186-187
riyo	P162-163/166-167/170-171/174-175/192-193/196-197/200-201/204-205
やまがき秀	P84-85/102-103/106-107/110-111/114-115
渋沢佳奈&riyo	P146-147/150-153
ひよこ豆ひよごん	P78-81/P156-157
糖子	P118-119
[イラスト]	kyachi

STAFF

本文デザイン	小林麻実（TYPE FACE）
DTP	山田素子、菅沼祥平（スタジオダンク）
マンガシナリオ	六條院惟光
編集協力	老沼友美、角田領太（フィグインク）
執筆協力	田辺准、砂崎良、高橋一正
マンガ協力	佐藤克利（フリーハンド）

マンガでわかる**古事記**

●協定により検印省略

著　者　志水義夫
マンガ　フリーハンド
発行者　池田　豊
印刷所　大日本印刷株式会社
製本所　大日本印刷株式会社
発行所　株式会社池田書店
〒162-0851 東京都新宿区弁天町43番地
電話03-3267-6821（代）　振替00120-9-60072

落丁、乱丁はお取り替えします。

ISBN978-4-262-15418-3

1500007